光文社文庫

しずく

西 加奈子

光 文 社

目次

Yと、ふたりのAへ

ランドセル

せんせいあのね

一年四組　すぎた　みちこ

せんせいあのね。あさ、がっこうはくみちゃんといっしょにいきます。

くみちゃんと、えきでまちあわせして、いっしょにいきます。

おとなのひとがようさんおるから、まよいそうになります。でも、くみちゃんがかんがえたほうほうで、まよいません。それは、ランドセルさくせんです。くみちゃんのランドセルのうしろをわたしがもって、ぜったいにはなせへんことが、ランドセルさくせんです。ひとがようさんおっても、わたしがくみちゃんのランドセルをはなせへんから、まよいません。くみちゃんのほうがせがひくいけど、くみちゃんは、わたしのおねいちゃんみたいです。

せんせいあのね。くみちゃんのランドセルも、わたしのランドセルも、ピンクです。みんなはあかやけど、わたしらのんは、ピンクです。わたしは、ピンクのランドセルがすきです。

ロスに来ている。

七月。ロスといえばすっきりと晴れ上がった空と、ぎらぎらと照りつける太陽、のようなものを想像していたのだが、空はスモッグでブルーグレー、夕方になるとカーディガンを着こんでも寒い。鳥肌を立てながら、私たちはホテル隣の小さなバーでビールを飲んでいる。ぬるい。

私の目の前にいるのは、幼《おさな》馴染《なじみ》、とでもいえばいいのだろうか。小学校の低学年を仲良しで過ごして、高学年ではクラスが離れたもんだからなんとなく知らん振りしていて、中学になると部活が一緒だったからまた仲良くなって、高校は別のところに行ってお互い月に一度ほど、なんてことない「彼氏できた？」に始まる探りの電話を入れたりなんかして、それからは、そう、それからは全然会ってなかった女だ。

地元の短大に行ったというのまでは知っていたけど、連絡先も知らないし、どんな生活を送っていたかなんて、考えもしなかった。三十四歳、この年になるまで。

「ビール、ぬるいよな。」

ぼそっと小さな声で言って、くみちゃんはおつまみで頼んだポテトチップスをまずそうに食べている。

「うん、ぬるい。わざとかな。」

カウンターの中にいるデブの女は、備え付けのテレビの野球中継に夢中だ。そもそも私たちが店の扉を開けたときから、「ちっ、なんじゃい、客が来よった」的な顔をして、デブ特有のえくぼのついた手で渋々コースターを置いた。「Miller」と書かれたコースターは茶色い染みで汚れていて、何度も水に濡れたのかふにゃふにゃと曲がっている。だもんでビールを置くとぐらりと倒れそうで怖い。だからってコースターからはずして置くと、「ちょー、テーブル拭かなあかんやんけ」的な顔でこちらを見るので、案外小心者の私たちはどきどきと落ち着かない感じでビールを飲んでいるのだ。ぬるい。

「ここ、何時までなんやろな？」

「さあ、まだ九時やし、いけるんちゃうの？」

「でも、客全然おらんで。」

そもそも、ホテル選びを失敗したのだ。ロスのイメージ＝青い海、それに負けない空、水着でローラーブレード、ダイエットコーラ、大学のロゴマーク入りのTシャツ、ビバリーヒルズ青春白書、ハリウッドの退屈した子供たち、ギャングスタラップ、ローライダー、でかいハンバーガー、近親相姦、ドラッグ……ロスアンゼルス。そういうものを想像して、どきどきして、不安だったり楽しみだったりして、でもお互いお金がないもんだから一番安いツアー「気ままにロス五日間」を選んだがために、こんな、昼はまあ人もいるし活気もあるが夜の七時にはがらんと誰もいなくなるようなダウンタウンのホテル横の、こ汚いバーで、いらないことに気を揉《も》んでいるのだ。

「みっちゃん。」

「ん?」

「グラス空いてるやん、おかわり……する?」

タバコを吸わないし、くみちゃんもしゃべらないもんだから私は手持ち無沙汰で、ビールをあっという間に飲んでしまった。ちらりとデブを見ると、顔にテレビの明かりを反射させて、ぎらぎらした目で画面を食い入るように見ている。もう帰りたい。でも、おずおずと一杯だけ飲んで帰るのは、なんとなく悔しい。

「せやな、くみちゃんは?」

「うちは……せやな、ほな、もう一杯だけ飲もか。」

ビールをまずそうに飲み干して、くみちゃんはじっとデブを見ている。デブが気づく気配はない。くみちゃんは決まりが悪そうにこちらを見る。いやだ、私が呼ぶのは。私はそう顔で言ってみるが、くみちゃんもそんな顔をしているので、勇気を出して声をかけた。

「えくすきゅーず、みぃ。」

デブはちらりと私たちを見て、顎《あご》をしゃくったようにして「あ？」という顔をした。

「わんもあ、びあーぷりーず。」

「みっちゃん、ちゃうで、つーびあーやで。」

「あわわ、そうか。そーりー、つーびあー、ぷりーず。」

「どっちやねん」的な顔をして、デブは面倒くさそうに席を立つ。そもそもカウンターのバーで、店員が座ってんなよ。デブはほこりをかぶってそうなグラスをふたつ用意して、あろうことかテレビを見たまま注ぎだした。でもまあ、そういうことに慣れているのか、ちょうど注ぎ終わる頃にグラスをサーバーからはずし、しばらく泡が消えるのを待ってから、また私たちの危ういコースターの上にそれを置いた。

「ほな、これ飲んだら帰ろか。」

「せやな。」

私たちはほとんど苦行をしているような気持ちでそれを持ち上げ、ぐぐぐと一気に飲んだ。ぬるい。

私はフリーランスでイラストレーターをしている。子供向け雑誌の「赤ちゃんができる仕組み」なんかの挿絵を描いたり、ゴルフ雑誌の「俺のパター道」のコラムの挿絵を描いたり、そんな感じのイラストレーターだ。一番最近の大きな仕事は新商品のグミのお菓子「ぐみぐみぐーみん」のキャラクター、ぐーみんを描いたこと。散々ボツにされて、結局スライムのパクリみたいなのを描いたら、しぶしぶ金をくれた。

そうやっていろんな小さな仕事を細々こなすことで、毎月なんとか家賃と生活費を払えている。恋人はいない。いや、いるのだが、勘定に入れたくない。

くみちゃんと偶然出会ったのは、仕事先のビルのエレベーターの中だ。九段下にある小さな雑居ビル、私はそこにある編集プロダクションで通販雑誌の挿絵の仕事を頼まれていた。エレベーターは暗く、ボタンもぽっつりせりあがった昔のタイプのもの、「ういーん」という音と共にエレベーターが動き出すのだが、たまに「ゔ、ゔ、ゔぃーん」というから怖い。編集プロダクションは四階。仕事を終えてエレベーターに乗ると、三階で止まった。三階には確か小さな、陰気くさい法律事務所のようなものが入っていた。ここのお茶くみの女が異常に毛量の多い女で、何度も会っているのだが、いまだに顔をはっきりと見たことがない。いつも乗ってくると、その毛量で圧迫される。今日は暑いから、なんかいやだな、そう思っていたら、乗ってきたのは違う女だった。黒い麻のキャスケットを目の縁ぎりぎりまでかぶって、そして色の濃いサングラス。明らかに法律事務所に「何か」を相談しにきて、そしてそれを誰にも気づかれたくない風情の女だ。顎のラインはシャープ。私はエラが張っているので、女を見るとどうしても顎に目がいってしまう。

　女は乗り込んだエレベーターに先客がいるのを知って、一瞬びくりと体をこわばらせたが、ひとつ咳をすると、すでに押してある一階のボタンを押した。そして「閉」ボタンの連打。よほど人に会うのが嫌なのだろうな、と思うと、急にこの女が可哀そうに思えてきた。私より背が頭ひとつぶんくらい低い。なんだか懐かしいな。そう思った。初めて会った女なのに、既視感があるのだ。

「ゔ、ゔ、ゔぃーん」いつものそれから始まって、エレベーターがゆっくりと動き出したとき、私の携帯が鳴った。エレベーターの中が静かなもんだから、ブー、ブー、とバイブの音がうるさい。女がちらりと私の足元を見たが、そのまままた前を向いた。なんだか恥ずかしくなって電話を取り出すと、勘定に入れたくない男からだった。

　一階に着くまで待って、扉が開いてから電話を取った。

「もしもし？」

その一言で、女がばっと振り返った。びっくりした。

「みっちゃん？」

すぐには分からなかった。でも、サングラスを外したその女を見たとき、なんとなく予感として私の中にあったものが、確固たるものとなった。

「くみちゃん？」

私はそのまま、電話を切ってしまった。

くみちゃんはエレベーターに乗り込んだときから、私のことを見たことある人だと認識していたらしい。思いをめぐらせて、もしかしてみっちゃんではないかと思っていたようだ。そして電話に出た私の声と、「もしもし」の「し」の発音で、絶対に私だと確信したらしい。

「ほらみっちゃん、さしすせそが弱かったやろ？」

舌が短いのか、ちょっとだけ「しゃししゅしぇしょ」になるのだ。

私たちは懐かしさに、しばらくその場を動けずにいた。かける言葉を探して、でも特別いい言葉も思い浮かばないから、なんとなく恥ずかしそうににやにやと笑って、お互いを見ていた。

くみちゃんには、中学のときも高校のときも会っている。制服を着て髪を短くしたくみちゃんを簡単にイメージすることはできるが、でも、私の中のくみちゃんはいつまでも小学校一年生のくみちゃんだった。髪をいさぎよくぴっちりとお下げにした、勝気な顔のくみちゃん。そこに立っていたくみちゃんは、帽子のせいもあるが顔色が悪く、背が小さいのに猫背で、なんとなく疲れていた。ショックだったわけではないが、くみちゃんの目にも私はそう見えるのかなと思うと、ちょっと嫌な気分になった。

私たちは「いやいや」「どーもどーも」なんて曖昧《あいまい》なやり取りをして、どちらからともなく歩き出して、酒でも飲もうということになった。そして、九段下を散々歩いて、夕方の四時に行っても開いている居酒屋を見つけ、そこに腰を下ろした。

運ばれてきたビールのグラスを合わせるとき、お互いなんて言おうか、また気まずくなった。

「再会に。」

なんて言うのも恥ずかしいし、

「お疲れ。」

つう間柄でもない。仕方なく私たちはまた、

「どーも。」

「いや、どーもどーも。」

みたいな乾杯をして、そしてふたりともグラスの半分以上を一息で飲み干してしまった。くみちゃんとお酒を飲むのなんて、変な感じだった。学校の帰り、よく駅の自販機でファンタなぞを買って飲んだから、今でもなんとなくその方が収まりがよかった。グレープとオレンジを交換しながら、駅のベンチに腰掛けて飲むのが。

でも目の前にいるくみちゃんは、その小さな体のどこに入るんだと思うくらい、阿呆のようにビールを飲んだ。私も久しぶりに会った気恥ずかしさを拭いたくて、いつもよりハイペースで飲んだため、夕方の六時にはふたりともべろべろになり、挙句店員に、

「お客さん、もうちょっと声落としてもらえるかなぁ！」

などと言われるまでになった。

「旅行かへん？」

くみちゃんがそう言い出したのは、三軒目の焼酎バーでだった。酔いも手伝って初めの気恥ずかしさは消え、私たちはそれぞれでたらめにグラスを頼んで「美味しい」だの「飲みやすい」だのと言っては、なんてことないことに声を出して笑っていた。何杯目かのそれの後に、くみちゃんは急にじっと黙り込んで私の目を見て、そして言ったのだ。

「旅行行かへん？」

酔っていたのか、驚いたのか、私はすぐに、

「行こう。」

と言った。そう声に出して言ってから、私は急に、ずいぶん以前からどこか旅行に行きたかったんだと思い始めた。そうだ、私もどこかに行きたかった。締め切りの仕事はちらほらあるが、それを終わらせて誰とも連絡を取らなければ、一週間やそこらの休みは取れる。そして行くからには最近仲良くなった誰かではなく、勘定に入れたくない男でもなく、どうしてもくみちゃんでないと駄目な気がした。

「行こう。」

よっしゃそれで決まり、とばかり私たちはそれぞれまたおかわりを頼んで、後は一切旅行の話をしなかった。変な夜だった。

それから数日後、教えておいたアドレスにくみちゃんからメールが届いた。件名は「こないだの話」。きっと旅行のことなんだと思ったが、酔いが醒めるとそんなことはまた夢の中の話のようで、だから正直驚いた。本当に行くんだ、と思った。

『安いツアーで、あったかいところ、と考えました。軽いノリで行くのだから、軽いノリのイメージの街を考えました。』

それで、「気ままにロス五日間」になったわけだ。

二日目から、もう時間をもてあまし始めた。そもそもロスの移動手段は車だ。だだっ広い土地にぽつりぽつりと建物が建っているし、交通機関も発達していない。旅行に行くとなると意外とうきうきして、ロスに行ったことのある人に聞いてみたりインターネットで「LA」と検索してみたりしたところ、「ロスでは車移動が基本」という情報だけは確実なものだった。免許を持っていないので困ったな、と思ったが、ロスに決めたのはくみちゃんだし、免許を持ってのことだろうと甘く見ていたら、くみちゃんも免許を持っていなかった。それで、ふたりで、困ったな、ということになった。そうなると、行くところが随分と限られてくるのだ。

くみちゃんはベッドに寝っころがってガイドブックを広げている。私は近所のスタバで買った朝食代わりのコーヒーを飲みながら、「かふぇおれ、ぷりーず」さえも通じなかったこと、名前を聞かれて「みちこ」と答えたら、カップに「HIMIKO」と書かれていたことなどを考えていた。自分は思っていた以上に、英語が苦手のようだ。

「みっちゃん、今日どこ行きたい？」

ガイドブックから顔を上げずに、くみちゃんが聞いてきた。

「行きたいとこかぁ……。」

イメージばかりが先行して、実際ロスに来たらどこに行きたいかなんていうことは、あまり考えていなかった。そしてインターネットや行きの飛行機の中で読んだガイドブックの中で、私の興味を引いた場所はなかった。ドジャースタジアム↓野球に興味がない。NBA↓バスケに興味がない。ハリウッド↓普通に興味がない。ディズニーランド↓……。どれもこれも、ちっともぴんとこないのだ。仕方なく私はロスのイメージで一番初めに思ったこと、青い海、を、見に行くのはどうかと思った。

「くみちゃん、サンタモニカは？」

「海か、ええな。行こか。」

くみちゃんはそう言うと、ガイドブックをぱたんと閉じた。


サンタモニカまでは、メトロバスで一時間ほどだ。乗り込んだとき運転手が昨日のバーのデブにそっくりなので驚いた。くみちゃんに言ったら、

「そうかなぁ。」

と首をひねる。そう言われるとムキになって、私は似てる似てると言い続けた。すると私たちの前の席のじいさんが振り返ったので、うるさいと言われるのかとどきりとしたら、

「Twins ?」

と聞いてきた。

「のー。」

声を合わせてそう言うと、興味がなくなったという顔で、また前を向いた。

「ほらな、みっちゃん。人種が一緒やと同じ顔に見えたりすんねんて。」

「そっか。似てる思たけどなぁ。」

バスは代わり映えのしない景色の中を、ぐんぐんと西へ進む。建物が平べったいからか、空が随分と広くて、そしてだらりとしている。街を歩いている人が極端に少ないのと、この空のせいで、映画のセットの中を走っているように感じる。通路側のくみちゃんは反対側の窓を見ている。ちらりと見ると、そちらもなんてことのない景色だ。道が広くて、空が広くて、そしてやっぱり、だらりとしている。抜けるような青空、というわけではないが、そのだらりとした感じがなんとも良い。知らない街に来たんだなぁ、そう思って、なんだか少し、わくわくしてきた。そのわくわくした感じを伝えたくてくみちゃんが振り返るのを待ったが、くみちゃんは乗ってる間中、ずっと窓の外を見ていた。

サンタモニカは活気があった。たくさんの人がアーケードをぶらつき、露店を覗き、桟橋で写真を撮り、遊園地で遊んでいた。極端に美しい女と、すごく太った女がたくさんいて、子供たちは皆手に何かを持っていた。私とくみちゃんはビーチサンダルをぺたぺたいわせ、とりあえず海まで出ることにした。

「ロスに来た、て感じやなぁ！」

くみちゃんもさすがに、少しはしゃいでいた。桟橋の上を歩くと、自動的にシャボン玉が出る機械が備え付けられてあった。

「Bubbles !」

小さな子供がそう叫んで、ふわふわと流れてくるそれを捕まえようとする。でも風にやられて、その企みはうまくいかない。くみちゃんはその様子をじっと見て、そしてそんなくみちゃんを見ている私に気づいて、ちょっと歪んだ笑顔を見せた。

私たちはゆっくりと桟橋を渡り、海に出た。海は青かった。それは当然なのだろうが、ものすごく、まっとうに、青色だった。小さな頃読んでいた外国の児童文学の表紙が、ちょうどこんな色だった。絵の描かれたつるつるのカバーも素敵だったが、私は青い布張りに金の文字が書かれているそれの方がずっと好きだったので、カバーはいつもはずしていた。こっくりとした青、だから浜辺に打ち寄せる波の白が、ぴんと冴えている。帰ったら青い絵の具を買おうなどと思ってしまうのは、旅の高揚もあるが、きっとこの、海のせいもあるのだ。

ビーチではビールを飲んではいけないらしかった。私たちは喉の渇きをぎりぎりまで我慢しようと言い合って、砂浜に腰掛け、随分と長い間海を見ていた。そして海を見ていたら、なんだか思い出話なんかをしたくなってきた。せっかくふたり久しぶりに出会って、そしてどういうわけか旅行にまで来たのだ。思い出話を今の今までしなかったことも不思議だし、そして今この瞬間はそんな話をする絶好のシチュエーションのように思えた。でもいざ話そうとすると、いまいちイメージが湧かず、結局私たちはそのまま無言で浜に座り続けた。時々前を通っていく男がこちらに手を振ってくる。振り返すはずもないが、恥ずかしながら心の中では嬉しかったので、くみちゃんと顔を見合わせて、ふふふと笑った。

風の吹く向きが変わったとき、くみちゃんが、

「みっちゃん彼氏おんの。」

突然そう聞いてきた。一瞬、勘定に入れたくない男の顔が浮かんだが、さっきのシャボン玉のように、すぐに消えてしまった。だから私は、もう一度ふふふと笑って、

「おらん。」

と言った。そしてそう言ってしまうと、急に自分が、とても自由なんだと思えて、驚いた。

お互い気が狂いそうに喉が渇いてから、海にいっとう近いカフェに入った。ビールを頼んで、シャボン玉を追いかける子供のように、どきどきしながら運ばれてくるのを待つ。運ばれてきたビールを最初に喉に流し込んだとき、あまりの美味しさに私たちは大笑いをした。美味しくて大笑いをしたことなんてなかったなと思って、そして美味しくても美味しくなくても、最近ちっとも大笑いというやつをしたことがないことを思い出して、また笑ってしまった。笑う理由が出来ると、後は簡単だった。暑いと言って笑い、手を振ってきた男のことを笑い、そしてやっと、ふたりでこんなところにいることを笑った。今の今まで、この旅に来た経緯や、小さな頃の思い出話をしなかったことを、私たちは最大の酒の肴だと言って笑った。そしてひとしきり笑った後、思い出したように、くみちゃんがこう言った。

「離婚すんねん。」

それだけだった。開け放った入り口から入り込んでくる潮風は、拍子抜けするほどさらさらとしている。ビールも最初の一杯は美味しかったが、空気があんまり健やかだから、私たちは二杯目をあきらめて店を出た。

夕方までだらだらしようと、さっきと同じ浜に座った。恐ろしくスタイルのいい女が前を通る。私たちはしばらく釘付けになって、それに飽きると、また海を眺めた。

見覚えのある男の子が、大きな風船を腕に抱えてよちよちと歩いていく。さっきシャボン玉を捕まえようとしていた子だ。ふわふわと風に乗って消えてしまうものではなくて、手の中に抱えきれないほどの球体を手にして、彼は随分と満足そうだ。海と同じ色の目が、空の光を反射してきらきらと光っている。ビー玉みたいな目、というのは、まさにこんな目のことを言うのだろうな、私がぼんやりそう思っていると、私たちをすっぽりと大きな影が包んだ。顔を上げると、さっき手を振ってきた男のうちのふたりが、私たちを見下ろしている。メキシコ人だろうか、フリーダ・カーロみたいに眉毛がつながった男と、黒猫を胸に抱えたような体毛の濃い男だ。逆光で顔がよく見えない。

「Japanese ?」

私とくみちゃんは目を見合わせた。くみちゃんも笑っていないし、私も笑っていない。長時間太陽の光を浴びすぎたからか、ふたりとも眠いのだ。こういうときはただ、しかとをすればいいのだろうか。返事をしない私たちがぼんやりしている間に、彼らは私たちを挟むように腰を下ろした。私側に座った男の体臭がきつい。黒猫のようだと思った彼の胸毛は、ユーラシア大陸に似ている。ご丁寧に小さな離れ小島までいくつかある。なのに、頭はつるつるとしていて、毛穴がない。つまり毛量のバランスが、ものすごく悪い。

「くみちゃん。」

「ん？」

「くみちゃんが降りてきた法律事務所あるやろ？　あすこのお茶くみの女、めっちゃ毛の量多ない？」

「え？　そうなん。女の人見たことないで。」

男たちが何かのフライヤーを私たちに見せて話しかける。どうやら、今からパーティーがあるから来ないか、と言っているみたいだ。

「みっちゃん。」

「ん？」

「この人ら何歳やろか。」

「いやぁ、分からん。意外と若いんとちゃう？　はうおーるどあーゆー。」

私がそう言うと、ふたりとも言ってることが分からない、という顔をする。やっぱり私は英語が苦手のようだ。なんとかゆっくり発音して、やっと分かってもらえた。

「Twenty four.」

見えない。どう見ても三十代後半だ。この胸毛、髭と、つるつるの頭。そして体臭。

「くみちゃん。」

「うちら何歳に見えるか聞いてみぃひん？　ほら、日本人て若く見られるやろ？」

「ん？」

「せやな。げす、はう、おーるど、あー、あす。」

くみちゃんも、少し嬉しそうになった。女だから、やっぱり若く見られるのは気持ちがいいのだ。

「Mmm...thirty?」

私たちの期待に反して、毛の男たちはそう答えた。こんなハゲの体臭持ちのユーラシア大陸に、自分たちより年上と思われていたのが屈辱だ。私もくみちゃんも、むうと不機嫌になった。その不機嫌さに気づいたのか、フリーダ・カーロの方がご機嫌を取ってくる。

「Beautiful.」

私たちはそれからいろんな言葉でなだめすかされ、おだてあげられて、また昨日のバーに行くのはどきどきするし腹も立つので、とりあえずそのパーティーに行ってみようかということになった。軽いノリの旅だというからには、軽いノリが必要なのだ。

そして、そのノリは失敗だった。まず会場に入って最初に目についたのは、直径五メートルほどの阿呆のように大きなフラフープをする、カウボーイハットの女。パンツが丸見えのスカートに、牛の足みたいなブーツを履いている。そしてすれ違ったのが腕に蛍光色のブレスレットを巻きつけた、鼻に牛のようなピアスをしている青モヒカンの男。カウンターにいる黒人の女はアリゾナの地平線よりまっすぐな前髪をしている。目の周りが真っ黒なのは、牛の模様を表しているのだろうか。アメリカだからか、皆牛に並々ならぬ愛情を持っているようだ。

私たちを誘った男たちは早速カウンターに行き、飲み物を注文している。腰を振ったり変なステップをして、時々私たちの方に手を振ってくる。

「えらいとこ来てもうたなぁ。」

くみちゃんがぼそっと言う。ビーチサンダル越しに低音が響いてくる。四つ打ちの機械的な音は下手に心音とリズムがかぶる。私は息が上がって立っているのも辛くなり、とりあえずソファに座ろうということになった。

「みっちゃん、トランスいうのやな、こんな音楽。」

「せやな。しかし皆えらい格好してはんなぁ。」

さっきの男たちに見つからないように、なるたけ奥の方のソファに座ったのだが、こう奇抜な人たちばかりの中では、タンクトップとビーサンの私たちは、逆に目立つ。皆にじろじろと見られるかと思ったけれど、皆それぞれお楽しみに夢中で、さすがにそこは自由の国、などと感心してしまった。音楽とブラックライトとお香の匂いは大変だが、皆が私たちに興味を示さない感じは、なんだか居心地が良かった。ここならあの毛量の多い女も、誰に見られることなく、堂々と立っていられるだろう。

ユーラシアとフリーダがこちらに歩いてきた。たまにくるくると回ったりステップを踏んだりと、こざかしい。何やかやと話しかけてきたり世話を焼いてくれたり尻をさわってきたり忙しいのだが、今やこの音楽と匂いが脳みそまで染みてきて、頭がぼんやりした私は、曖昧な反応しか出来ずにいる。ちらりと見ると、くみちゃんも頬杖《ほおづえ》をついて、ぼんやりとフロアを見ていた。フロアでは相変わらずフラフープの女、目のふち黒女、蛍光色の男、その他諸々の牛たちが忙しそうだ。人数が増えてきたのに連れて、ますます大変な格好をした牛が現れてくる。Tバックをはいた男、大きな角をつけた女、体中から触覚のようなものをにょきにょきと出している男。皆、かくかくとけったいな動きをしている。ユーラシアはさっきから耳元で何か話しているが、うるさいし臭いから、呪いのまじないのように聞こえる。いい加減頭がぐらぐらしてきたとき、くみちゃんが、

「あ。」

と言った。何事かとくみちゃんを見ると、くみちゃんは頬杖をつくのをやめて、フロアに釘付けになっていた。くみちゃんの視線の先を辿《たど》ると、たくさんの奇妙な人たちに混じ

って、ぶくぶくに太った黒人の女がいた。おそらく若いのだろうが、ブラックライトで、顔はよく見えない。カウンターで見た女のように、まっすぐに切りそろえられた前髪、チューブのようなものが垂れ下がった後ろ髪、銀色の短いワンピースを着て、両の腕にぴっちりと蛍光色のブレスレットをしている。そんな姿、私もくみちゃんも、もう慣れっこだった。もっとおかしい格好をした人間が山ほどいるし、太っているのだって、ブラックライトで真っ黒になっているのだって、なんとも思わない。

ただ、私たちが釘付けになっていたのは、その女の肩に背負われている、ランドセルだった。

ブラックライトでも分かる、それは、ピンクのランドセルだった。

私とくみちゃんは、小学校の入学式で仲良くなった。女子が皆赤いランドセルを背負っている中で、私たちふたりだけがピンク色のランドセルだったからだ。クラスも同じで、私たちはいつでも一緒にいた。気が強いくみちゃんと、ぼんやりした私は、とてもいいコンビだったのだ。

小学校には、電車で行った。私鉄で五駅、乗り換えて二駅。一年生の私たちからすれば、ずいぶんと勇気のいる距離だった。最初こそ親が連れて行ってくれたが、あるときから、くみちゃんとふたりだけで行くようになった。おそろいのキティちゃんの定期いれを首にかけ、ピンクのランドセルを背負って、私たちはいつも駅の改札で待ち合わせをした。駅は大人たちでいっぱいで、それは小さな私たちが迷うには、十分な数だった。そこである日くみちゃんが、「ランドセル作戦」なるものを編み出した。なんてことはない、くみちゃんのランドセルの後ろを私が持って、縦になって歩く。人にぶつかられても、絶対に離さないというのがルールだった。くみちゃんは私より頭ひとつ分小さかった。綺麗に分けられたくみちゃんの分け目と、揺れる三つ編みを後ろから見ているのが、私は好きだった。

「みっちゃん、絶対に離したらあかんで。」

時々そう言ってくるくみちゃんの声を、私はどれほど、頼もしい思いで聞いたことか。

くみちゃん。くみちゃんは小さかった頃の、私のお姉ちゃんのようだった。

黒人の女はくるくるとフロアを回って、蓋の開いたランドセルをがんがん人にぶつけている。皆迷惑そうにするでもなく、ひゅーっとかなんとかたまに叫びながら、いつまでもいつまでも踊っている。たくさんの人にもまれているランドセルは、まるで小さな頃駅を歩いた、私たちの姿みたいだった。

「くみちゃん。」

音が大きいから、声を張り上げても気づいてもらえない。肩に手を触れると、やっとこちらを向いた。

「くみちゃん。」

耳元でユーラシアがうるさい。尻に触れた手が乱暴になる。うっとうしい。私はその手を思い切りひっかいて、くみちゃんの耳元で叫ぶ。

「ランドセル作戦、覚えてる?」

ユーラシアが「おうっ」とかなんとか言う。私はそれをしかとして、くみちゃんの顔を見つめる。くみちゃんはくみちゃんで、肩に乗っていたフリーダの手をふりはらって、私の耳に口を近づける。そして、ゆっくりとこう言った。

「覚えてる。」

突然、泣きそうになった。

「離婚すんねん。」

そう言ったくみちゃんを思い出して、泣きそうになった。

ずいぶんと、年を取った気がした。

私たちは、いつの間にか女の子という時期を終え、初めての恋をしたり誰かを裏切ったり、そしていつしか大人になって、大人になったということに気づかないまま時はすぎ、また恋をして、何かに気づいたり、知らないふりをしたり、好きだったはずの男を勘定に入れなかったり、手に入れたものを、あっさりと手放したりする。

私が知っているくみちゃんは、いつも私の前にいた。どんどんぶつかってくる大人から、頭ひとつ大きな私を守ってくれた。くみちゃんのピンクのランドセルは、いつも私の手の汗で濡れた。少し後ろに反り返った、くみちゃんの、ピンクのランドセル。

くみちゃん、私たちは、ずいぶんと年をとった。

ユーラシアが私の肩を揺さぶる。私はそれに負けないように、くみちゃんの肩に置いた手に、力をこめて叫んだ。

「くみちゃんがな、いつも前におってくれて、うちは、ものすごい、安心やったで。」

くみちゃんは、じっと私の声に耳を澄ましている。

「くみちゃん、うちの、姉ちゃんみたいやったやろ？　強うてな。」

強うてな、は、余計だったかなと、恥ずかしくなった。くみちゃんを励ます気は、さらさら無いのだ。ただ私たちは、いつの間に大人というものになったのかなと、少し不思議に思って、そして目頭が熱いもんだから、そんな風に言ってしまった。

くみちゃんは、ぎゃんぎゃんうるさいユーラシアをぎりりと睨《にら》んで、そして私の顔をじっと見た。今気づいたのだが、黒目がちなそれは、小さな頃のくみちゃんそのままだった。

「今は大人やからな、もっと、強いでうち。」

くみちゃんはそう言った。なんだか知らないが、そのとき、ロスに来た甲斐があった、と思った。ユーラシアの体臭と、お香の匂いと、トランスの四つ打ちと、奇人たちにやられたぐらぐらの頭では、何がなんだか分からないが、でも、よし、ロスに来た甲斐があったと、私は思った。

「出よう！」

くみちゃんは大きな声でそう言うと、私の腕をとって立ち上がった。ユーラシアとフリーダが抗議の声をあげたが、くみちゃんは私の腕をつかんだまま、フロアをずんずん横切り、まっすぐ出口に向かった。出て行くとき振り返ると、ソファで叫んでいる体毛ふたりと、フロアでくるくる回っているピンクのランドセルが見えた。


外に出ると、夜風が冷たかった。上着を持ってこなかったことを後悔しながら、私たちは桟橋を歩いた。シャボン玉はいつまでも空を飛んでいたが、それを追いかけていた男の子はもういなかった。ロスは流しのタクシーは走っていない。時計を見ると、九時を少し回ったところだった。そんな時間なのに人があまりにも少ないことに、少し不安になったが、前を歩くくみちゃんの足取りが、とても颯爽《さっそう》としているので、またすぐに安心した。

突然くみちゃんが私を振り返って、

「ばぶるす！」

と言った。くみちゃんは風向きが変わったら、突然何かを言うなと思って、おかしかった。

くみちゃんはふふふと笑うと、ビーサンをぺたぺたいわせて、鼻歌を歌った。上手とはいえないが、私もそれに合わせ、出鱈目《でたらめ》に歌を歌った。

「ロスにいますねぇ。」

くみちゃんがそう言ったが、私はそれをしかとして、歌を歌い続けた。そして帰ったらやっぱり青と、そしてピンクの絵の具を買おうと、ぼんやり思っていた。

灰皿

入居者が決まったと、今日、お電話がありました。

入居申込書を送るから一度見てくださいと、黒木さんがおっしゃって、私が、どんな方ですか、と聞くと、ううんとうなって、若い女の人です、とだけ、教えていただきました。おひとり？　驚いて聞き返すと、そうです、とにかく一度見てください。なんて、一方的に電話を切られたので、私は、途方にくれてしまいました。

賃貸の募集を出していた家は、部屋が五つもある、大きな一軒家です。私とあの人が、三十年ほど一緒に暮らした、それはそれは思い出の深い家です。どうか素敵な、心根のお優しいご夫婦が住まわれますように、と、あの人の写真に、さんざ手を合わせていましたが、若い女の人がひとり、というのは、本当に驚くことでした。

断ることも出来るのだから、とりあえずどんな方か見させていただこうと、申込書を待っていましたら、次の日にポストに届きました。

『板崎　ゆう』さんという、お名前でした。入居者の欄には、はっきり大きな字で『一名』と、書いてあります。

都心からは少し遠いけれど、大きな家だし、大切に暮らしてきたから、部屋も綺麗です。お家賃はいかほどにしますか、と黒木さんに聞かれ、十五万円ほどで、と答えましたら、馬鹿を言っちゃいけません、こんな立派な家は、定期借家にするならともかく、三十万円でも借り手が見つかりますよ、と言っていただきましたから、その通りにさせていただきましたが、女の人、しかも『二十七歳』の方に、月々の家賃を払っていただけるんだろうかと、まずそれが、不安になりました。

保証人の、お父様であろう方も、定年退職をなさる年ではありませんが、『無職』と書かれておりましたし、はっきり申しまして、これだけでも、もうお断りするに十分なのではないかと思っていましたが、私は、板崎さんの『職業』の欄に、はたと目を留めたのです。

そこには、大きな字で、『小説家』とありました。

文筆業、ではなく、堂々と小説家と書かれるということは、よほど自信がおありなのかしら、と思案していましたら、『年収』の欄に、驚くほどの金額が書かれてありました。黒木さんにお電話して、小説家、というのは、本当なのですか？　と、お聞きしましたら、黒木さんは、本当です、かなり、有名な方ですよ、と、幾分誇らしげにおっしゃいました。

なんでも、おととし、何かの新人賞でデビューをなさって、その小説がそのまま大きな賞を取ったとかで、新聞やテレビなどで、何度も取り上げられた方なのだそうです。家賃に関しては、まず問題ない、ということで、そして何より、私たちのあの家を、随分と気に入られたらしく、信用が無いのなら、一年分の家賃を先に払ってもいい、なんておっしゃっているということで、私は困ってしまいました。

お断りする理由を考えることは、出来たのかもしれません。例えば、ご夫婦に住んでほしい、家族でないといけません。そんな風に言うことも、出来たのでしょう。でも、黒木さんがどうやらとても乗り気なようなのと、そして私はやっぱり、『小説家』という、その言葉に惹かれました。

二年前に亡くなった夫が、ずっと憧れていたのが、小説家という職業でした。

彼は千葉の旧家の次男坊として生まれ、闊達《かったつ》としてやんちゃな長男と違い、物静かで落ち着きがあり、ひとりで絵や物語を書くのが好きな子供だったそうです。高等学校を卒業して、大手の印刷会社に就職し、一度の転職をすることもなく、そこに定年まで勤め続けました。私とは、母方の叔父が計らってくだすったお見合いで出逢いました。初めて逢ったあの人の印象を、私は忘れることができません。髪を短く切り、それはまったく清潔で、耳の周りなどは、それはそれは涼やかでした。きりりと深い光を放つ目元には、笑うと二、三本の優しい皺《しわ》が刻まれ、彼を年より上に見せたのは、まったくその皺のせいでしたが、その柔らかい曲線を見るのが、私は大変好きでしたし、少し崩れた鼻梁《びりょう》と、笑うと右上がりになる唇が、彼を幼くも見せ、その対照的な感じが、とても魅力的な人でした。

体が弱いところがありそうだと、少ししぶっておりました私の両親を、私が必死で説得したものです。あの人でないと、私はお嫁には行かないと、そんなことも言った記憶があります。晴れて夫婦になれ、ふたり新しい生活が始まっても、あの人に対して感じた最初の印象は、ちっとも変わりませんでした。五十年連れ添った中で、喧嘩のようなものを、したこともあります。でも彼は、私をいつも暖かな目で見つめ、いたわり、慈しんでくれました。

印刷機のインクで真っ黒になった彼の手を、ぬるま湯を張った洗面器につけて洗うのが、私の日課でした。ああ、気持ちいい。彼はそう言って笑ってくれ、その言葉を聞くと、私は嬉しくなり、ますます熱心に、指先を洗ったものです。眠る前に本を読むのを習慣にしていて、汚れが残ってしまったページの、その黒い指紋の跡を、慈しむように見ては、僕が生きた証だね、などと言うから、そんなすぐに死んでしまうようなことを言わないでください、とお願いしたら、恥ずかしそうに、笑うのでした。

生きた証、というのは、彼がよく口にする言葉でした。自分がここにいたのだ、という、形になって残る何かを、彼は欲していました。若い頃から小説家になりたかったのだとは言っていましたが、私は、きっとふたりの間に子供が出来なかったことが、大きな理由のひとつではないかと、思っています。後世に残る何かを作れなかったことが、彼を小説家に憧れさせ続けたのだと。印刷所に勤めたのは、少しでも小説というものの近くにいたかったからだと、いつか私に教えてくれたことがありました。自分の作品を、いくつか書いているようでしたが、恥ずかしがって、ついぞ私には読ませてくれませんでした。そんなに恥ずかしがっていらしたら、本を出版するなんて、きっと出来ませんよ、と言うと、そうだな、と、笑いました。

あの人が亡くなったとき、机の引き出しの中から、大きなマニラ紙の封筒に入った、たくさんの原稿用紙を見つけましたが、私はそれを読みませんでした。あれだけ恥ずかしがっていた彼の作品を、彼がいなくなったからといって読むのは、規則違反のような気がしたのです。彼が死んでしまったというのは事実なのですが、私はどうも、彼はどこかへ出かけていて、その間に彼のものをこっそり読むような、そんな思いを持っていたのです。そうです。私は、しばらくは、彼の不在、というものを、受け入れられませんでした。

呆けたように暮らしている私のことを心配して、弟や姪が、代わる代わる家を訪ねてくれました。変な気を起こすことはないだろうけれど、あれだけ仲が良かったふたりだから、わが身を削り取られるような思いだろうと、そう考えていてくれたようです。でも私はといえば、あの人はいつ帰ってくるのかしらと、そんなことばかり考え、お料理を相変わらず二人分作る始末、なんだか、呑気《のんき》なものでした。

彼の不在、彼は永遠に帰ってこないのだということを、はっきりと自覚したのが、この家を貸し家にするという話が持ち上がったときです。七十を過ぎたおばあさんが、こんな大きな家にひとりでは、管理も大変だろう、売りに出すのは忍びないが、貸し家にしておけば、また住みたくなったときに、返してもらえるのだし、思い出がまったく消えてしまうわけでもないと、弟や姪が、しきりに薦めてきました。なら私はどこに住めばいいの、と詰め寄ると、自分たちの家に来てもいいし、マンションを借りてもいい、とにかくあの大きな家では、心配でならないと、そう言うのでした。

この家に、誰か他の人が住むなんて、考えられませんでした。私と、あの人が、赤い屋根と、真っ白い壁が、絵本の中に出てくる家みたいだね、と、とても気に入って買った家です。少し壊れていた窓枠を、彼が直し、綺麗な緑色に塗ってくれたものだから、それはますます、絵本の家に見えました。猫の額ほどでしたが、お庭もあって、私はそこに、セージや黄ニラや、ネギを植えました。お花をちっとも植える気配がない私を見て、あの人は、随分実用的なんだね、とからかうように言いました。

何もかも、階段の手すりにも、お風呂のタイルにも、押入れの暗闇にも、全てに、私たちの思い出があります。そこに、誰か知らない人の息がかかり、インクで汚れていない指紋が残るなんて。私は、頑として断りました。弟や姪の意見には、ちっとも耳を傾けず、彼らも、いつしかあきらめたようでした。でも、定期的に私を訪ねてきてくれることはやめず、彼らの暖かい心遣いに、胸がちくりと痛みました。

去年の夏、二階のあの人の部屋の電球を替えていたとき、脚立から落ちて、そのまま動けなくなったことがきっかけで、私も、彼らの意見を聞こうかと思うようになりました。私は、自分の家であれば、隅々まで綺麗にしていないと気がすみません。たとえ使い主がいなくても、電球が切れたら取替え、毎日床を磨いていました。そんなときに、その事件です。床に叩きつけられた私は、腰を強く打ったのか、そのまま動けず、電話で誰かを呼ぶことも出来ず、翌日やってきた姪に発見されるという始末でした。弟や姪は、それこそ鬼の首を取ったかのように、騒ぎ立て、そのときはっきりと、私たちの言うことを聞いてくださいと、言われたのでした。不動産屋さんの黒木さんも、とても真摯《しんし》なお方だし、決して悪いようにはしませんからとおっしゃってくれ、何より、人の手に完全に渡るわけではない、嫌になれば、返してもらえばいいのだからと、それを心に思いとどめ、私は家を貸すことにしたのでした。

貸しに出してから、しばらくは、誰も入居者が決まりませんでした。家具付きだからだろうか、やっぱり家賃が高かったのだろうかと、勝手なもので、決まらなければ決まらないで、気になってしまうものです。何組か希望される方がいらっしゃったことはいらっしゃったのですが、黒木さんの方で、この人たちはおやめなさい、もう少し待ったら、きっといい人が来ますから、などとおっしゃるので、私は人選に関しては、まったくお任せしていました。だから、今回の板崎さんの件は、私にとって驚きでした。若い、一人暮らしの女の人なんて、黒木さんがいっとうお気に召さない類《たぐい》の方だろうと、思っていましたから。何かよほど思うところがあって、私に連絡をくれたのかと思い、また、やはり、小説家という彼女の職業が気になって、私はとうとう、彼女の入居を許したのでした。

板崎さんに家を貸した日から数日後、電話がありました。引越し先を知っているのは、弟と姪、後は数人のお友達くらいなものなので、そのつもりで取りますと、聞き慣れない若い女の人の声でした。

「もしもし、蓮田さん?」

少しかすれたその声に、私はちっとも聞き覚えがなかったものですから、てっきり、何かの勧誘だろうと思いました。

「そうですけれど、どなた？」

「板崎です、あの、あなたの家に越してきた。」

「ああ。」

思わず、驚きの声が出ました。

「あの、引越しの挨拶に行きたいんだけど、どこに住んでんのか分かんなくて。」

「まあ、あの、ご挨拶なんていいんですよ。そんな、ご丁寧に……。」

私は、必死でお断りしました。急なお話でしたし、電話の向こうの板崎さんの声は、随分と乱暴に聞こえましたから。でも、板崎さんは、私のうろたえぶりなど、おかまいなし、という風でした。

「私も前に住んでた人が見たいの。ほら、お互い顔知らないのって、なんか気持ち悪いでしょ？　今の時代の、悪いとこだと思わない？」

板崎さんの押しの強さに、とうとう根負けした私が住所を教えますと、

「知ってる、そこ、駅前に新しく出来たマンションでしょ？　近いから、十分で行くわ。」

と、勝手知ったるようでした。私は慌ててお化粧を直し、もしかして、と思い部屋を簡単に掃除しました。前の家に比べると、こちらの家は小さく、お掃除も大変楽です。お風呂もボタンひとつで焚《た》き上がりますし、階段の上り下りをしなくていいのも、切れた電球

を管理人さんが替えてくれるのも、とても助かります。マンションの下はスーパーですし、お願いしたら家まで配達してくれます。本当、何から何まで弟や姪の言う「安心で楽」が詰まった家なのですが、私には何か物足りなく、日々時間を持て余してしまうことがありました。なので、突然の板崎さんの訪問は、少し驚くことはありますが、でもどこかで、楽しみにしているようなところもありました。

目の前に立っている板崎さんを見て、私は驚きました。二十七歳、というのはうかがっていたのですが、それよりも、随分と若く、どちらかというと、幼くさえ見えました。お化粧をしてらっしゃらないのでしょう、白く透き通った肌に、少し荒れた唇が、拗《す》ねたような印象を与えるお顔でした。髪の毛をぐるぐると忙しいパーマヘアーにして、それがあんまり大きいから、私は最初、帽子をかぶっているのかと思いました。手入れをしていない眉毛が意志の強さを、そしてくっきりと輪郭の取られた大きな目が、疑い深さを思わせました。

「こんにちは、はじめまして。」

板崎さんはそう言うと、何かの包みをくれました。ざらざらとした茶色い紙を、巾着のようにして、麻の紐《ひも》で蝶々結びにしてあります。

「まあ、ご丁寧に。ありがとうございます。」

私が頭を下げると、彼女は髪の毛を指に、器用にくるくると絡め、

「気に入ってくれるといいんだけど。」

そう言いました。一向に帰る様子がないので、私が玄関に招き入れますと、初めて笑顔を見せ、靴をぽんと脱いで、弾むように奥の部屋へ歩いていきました。私が脱いだ靴を揃えていると、「意外と狭いのねぇ」だとか、「綺麗だわ」だとか、大きな声で言っています。

お茶を出すと、彼女は「ありがと」と言い、それでもきょろきょろと周りを見回して、落ち着きませんでした。向こうの部屋に、あの人の写真が飾ってある仏壇があるので、私はさりげなく移動して、扉を閉めました。

「古い家でしょう、若い人には、不便じゃないかしら？」

「ううん、古いのが好きなの。家具も全部古くて、丁寧に使い込まれてて素敵だし、一目で気に入っちゃったの、あたし。」

本当なら、引越し先のマンションに入るもの以外は、家具を全て処分しようと言っていたのでした。どれも、あの大きな家用にしつらえたもので、ほとんど持ってはいけなかったからです。でも、やはり、どれもあの人と私の思い出が詰まったものですし、家具ごと大切に使っていただける方にお貸ししようと、そう思っていたのです。

「おひとり、でお住まい？」

知ってはいましたし、こみいったことを聞くのはどうかと思ったのですが、ふたりでいても、お話しすることがないので、そう聞きました。

「そうなの、夢だったの、ひとりで大きな家に住むのが。」

私が切った羊羹《ようかん》を食べながら、彼女は猫のように目をくるくるとさせました。変わった人だわ、そう思いました。こんな若いのに、大きな家にひとりで住むのが夢だなんて。そしてすぐ、彼女は小説家だったのだということを、思い出しました。

「蓮田さんも、ひとりで住んでたの？」

彼女は、もう、二つ目の羊羹に手を伸ばしています。

「いいえ、亡くなった主人と。」

「そう。」

彼女は、素っ気なくそう言うと、二つ目の羊羹を平らげ、指をぺろりと舐《な》めました。

「あの人も、小説家になりたかったんですよ。」

どうして、そんなことを言ったのか分かりません。でも彼女が、あんまり美味しそうに羊羹を食べるものだから、なんだか私も、甘いものを欲するように、あの人の話をしたくなったのです。

「そうなの、なんて名前？」

「夫ですか？　蓮田ですよ。」

「違うわ、下の名前、ファーストネーム。あの人とか、夫とか、そんなんじゃ分かんない。」

「昭文。」

「あきふみ。」

少し荒れていた彼女の唇は、甘いもので潤ったのか、つやつやと光っていました。まるで唇それ自体が甘いお菓子のようで、そこから響いてくるあの人の名前は、どこか遠い国の、見たこともない美味しい食べ物の名前のようでした。

「小説家っていったって、あたしまだ、ひとつしか書いてないわよ。」

「ひとつだって、ご立派よ。出したくても出せない人、たくさんいらっしゃるでしょう。」

「そうだけど、あたしのはたまたまよ。」

「ご謙遜。」

「ほんとよ。」

彼女は、少しふてくされたようにそう言うと、机の上に置いておいたあの茶色い包みを見て、もう一度「気に入ってくれるといいんだけど」と言いました。

「まだ、羊羹召し上がる？」

板崎さんは子供のように、顔の前で手を忙しく振って、かばんを何やらごそごそとやりだしました。そして、くたびれた煙草の箱を取り出しました。

「あの、ごめんなさい。」

私がそう声をかけると、板崎さんは一本を咥《くわ》えたまま、こちらをじっと見ました。

「この家、禁煙？」

「そうなの、ごめんなさいね。私、気管が弱くって。」

「……ふうん。もしかして、あの家も禁煙？」

板崎さんは一度咥えた煙草を元に戻し、すう、と大きく息を吸いました。そのとき、両の目も大きく大きく開けるものだから、私は板崎さんに吸い込まれてしまうのじゃないかしら、と思いました。

「いいえ……ええ、そうね、なるべく。」

「そうなんだ。」

「でも、もう、板崎さんのお家ですからね、それは、ご自由に。」

板崎さんは、私に何か聞きたそうな顔をしていましたが、私がさっさとお皿を片付けだしたものだから、退屈そうに、髪の毛をもてあそんでいました。

それから五分ほど、黙ってお茶をすすって、彼女は帰っていきました。本当に、変わった人だわ、そう思いました。初めて会った私に、随分前からのお友達のように話すそのやり方や、急に黙り込んでしまうときの、ぼんやりとした表情が、なんとも奇妙な人でした。でも、やれやれ、ご挨拶は終わったわ、少し変わっているところ以外は、別段問題もなさそうだし、何より家や家具を気に入ってもらえたのが良かったと、私は胸をなでおろしたのでした。思い出して茶色い包み紙を開けると、中には本が一冊入っていました。彼女の作品かしら、と思って見ると、それはエミリー・ブラウンという外国の女性の『おおきなしろいいえ』という絵本でした。ページをめくると、ひらりと紙が落ち、そこには『この家に、あなたんちが似てるの』と、書いてありました。私はその一文を気に入って、冷蔵庫に、磁石で貼っておきました。

一度だけの訪問だと思っていましたが、板崎さんは、それからもやってきました。週に一度、多いときは三度ほど。一日中部屋で何かを書いているのは、退屈なのでしょうか。それにしても、こんなおばあちゃんのところへやって来るなんて、彼女にはお友達がいないのかしらと、いらない心配までしてしまいそうでした。

ある日、彼女はまた羊羹を食べながら、初めて、自分の小説の話をしてくれました。以前から聞きたかったのですが、ご本人が言い出すまでは、こちらから聞くのは、失礼なような気がしたのです。

「あたし、小説なんて書いたの、初めてだったの。それが賞取っちゃうんだもんね、びっくりだわ。」

「でも、ご立派よ。よほど才能がおありだったんだわ。」

「そんなことないわよ。大体処女作って、自伝みたいなものを書いちゃうんだって。それで大概のことを書き尽くしちゃって、後は書けなくなんのよ。」

あの人は、どんなものを書いたのだろうか、と、ふと思いました。

大抵の人が自伝的なものを最初に書くのなら、あの人が最初に書いたのも、そんな風なことだったのでしょうか。私はマニラ紙の手触りを思い浮かべながら、彼女が羊羹を食べる様を眺めました。

「賞取ったのだって、まぐれよ。ちょっと過激なことに、飢えてたんじゃない?」

「過激なこと?」

「そう、文学的なものじゃなくて、なんていうか、皆がちょっと驚くようなことを。」

「どんなことを、お書きになったの?」

「知らないの？」

「ごめんなさい。ご入居者さんのこと、あれこれ調べるのは、お嫌かと思って。」

「変わってる。あたし、テレビにだって出てるし、有名よ。知ってると思ってた。」

「ごめんなさい。なんていうご本なの？」

「私がうんこを食べるまで。」

「え？」

「聞こえなかったの？　**私がうんこを食べるまで**、よ。」

「神様。」

「キリスト教なの？」

「違います。」

　心臓が、どきどきと言いました。顔が耳まで赤くなるのも、分かりました。この人は、何を言ってるのかしら、冗談にしては度がすぎるし、失礼だとも思いました。

「あの、本当なの？」

「ほんとよ。言ったでしょ、過激なのを求めてたんだって。」

　板崎さんは羊羹を食べたあと、いつものように、指をぺろりと舐めました。

「ねえ蓮田さん、まだ驚いてるの？」

「……もう大丈夫です。あの、それって、どんな話？　犬のお話？」

「違うわ、言ったでしょ？　最初は自伝的な話を書くんだって。私が、ある人のうんこを食べるようになるまでの話よ。」

「ある人の？　自分のじゃないのね？　犬、ああ……。」

「スカトロ、て知ってる？」

「聞いたことあるわ、キューバの……。」

「それは、カストロよ。みんな間違えるのね。スカトロ。相手のうんこを食べたりおしっこを飲んだり、後は飲ませたり食べさせたりすること。」

「……か。」

「また神様？　キリスト教じゃないんでしょ？」

私は気持ちを落ち着かせようと、立ち上がって、新しい羊羹を切りました。板崎さんは、もうみっつめを平らげていましたし、だいいち私が、少しでもその場に、座っていられなかったのです。

「あなたの今の気持ち、分かるわ。もう聞きたくないのね。でも、途中でやめちゃったら、あなたあたしのこと、ただの変態だと思うでしょ？　もしかしたら、家から追い出しちゃうかもしれない。だから聞いて欲しいの。」

「家から追い出したりなんてしませんよ。ただ、ちょっと待ってください。」

　相手の排泄物を食べる？　私は、出来るだけ自分を見失わないように、毅然とした態度を貫こうと、新しい羊羹を持って、板崎さんの前に座りました。もしかしたら、彼女は私のことを、からかっているのかもしれません。

「落ち着いた？　あのねあたしは、至ってノーマルよ。セックスだって正常位が好きだし、うんこなんて、自分のを見るのもいや。」

　私は咄嗟《とっさ》に、向こうの部屋を見ました。扉は閉まっていますが、どうかあの人が、私たちの話を聞いていませんように、そう思いました。

「でもね、好きになった人が、そういう性癖だったの。あたしその人のことだーいすきだったの、顔も、性格も、体も。でもあるとき、その人があたしに、自分のうんこを食べて欲しい、僕も君のを食べるから、て、そんなことを言ってきたの。あなたなら、どうする？」

「私？　私に聞いてるの？」

「あなた以外誰がいるの？　あのね、蓮田さんは、その人のこと、うーんとうーんと好きなの。心の底から愛しちゃってるの。その人が、うんこ食べて、て言ってきたらどうする？」

「待って、想像できないわ、そんな。」

「あきふみ。」

「え？」

「じゃあ、あきふみさんがそう言ったら？」

「やめてください！」

自分でも、驚くほどの大声でした。板崎さんは、びくりと体を震わせ、しばらく私を見ていましたが、四つ目の羊羹をそのままにして、立ち上がりました。

「ごめんね、それこそ、刺激が強すぎたわね。」

「……いいえ、私こそ大声出したりなんかして、ごめんなさいね。あの、あなたの作品なのに。」

「いいのよ、慣れてるもの。あのね、本当に家を追い出さない？　私あの家、大好きなの。」

「追い出さないわ。ただ、あの、もしかして家で……。」

口に出すのもはばかられました。私たちのあの家で、彼女がもし、そう思うと、背筋がぞうっとしました。

「大丈夫よ、あの家でそんなことしないわ。言ったでしょ？　あたしノーマルなの。」

「でも、あなたの恋人が……。」

「ふられたの、賞を取ってすぐ。」

彼女はそう言うと、くるりと踵《きびす》を返して、玄関に向かいました。もう来なくなるかもしれない、そう思いました。でも私は、彼女に、何も声をかけることができませんでした。

板崎さんは、かかとの高いブーツを履いて、扉を開け、思い出したように振り返りました。

「煙草も、家の中じゃ吸ってないわよ。」


それから板崎さんは、やっぱり私の家に、ちっとも来なくなりました。

まったく、変わった体験でした。弟や姪に、そのことを話そうと思いましたが、恥ずかしくて、どうしても、口に出来ませんでした。ただ、彼らの方が、板崎さんの載った雑誌や新聞を見つけてきては、「変わった人だねぇ、問題を起こさなきゃいいけど」なんて、無責任なことを、言うのでした。

お家賃はしっかり払ってくれますし、ご近所の方とも何事もなく過ごされているということで、黒木さんは「ご安心ください」と、私に電話をくれます。私と板崎さんが会っていたということは、彼にも内緒にしてありました。時々、彼女がどうしているか、気になることもありましたが、どうしても聞くことが出来ず、私はなんとなく落ち着かない気持ちで、日々を過ごしていました。

ある日、久しぶりに出かけた先で、彼女の本を見つけました。発売されてからもう随分経つのに、それは本屋のいっとう良い位置に、大々的に飾られていました。題名は、彼女の言った通りでした。手に取るのも、はばかられましたが、私はそれを、隠れるようにレジに持って行きました。

どうしてなのか、分かりません。彼女の気持ちを知りたかったのか、彼女がちっとも家に来なくなったことを、どこかで寂しく思っていたのか、とにかく私は、彼女の本に吸い寄せられるように、それを手に取ったのでした。


家に帰ると、板崎さんが、玄関の前の階段に座っていました。くるくるの髪は、ひとつに縛っていて、それは頭の上に落ちてきた、黒い果物みたいに見えました。本を手にした日に起こった偶然に、私は驚かずにおれませんでした。

「どうなさったの？　おひさしぶりね。」

「こんちは、ごめんね。いないもんだから、ここで待ってたの。」

玄関を開けると、彼女はひらりと中に入り、また靴をぽんと脱いで、慣れた足取りで歩いてきました。私は、この数ヶ月の空白は、なんだったのだろうと思いました。てっきり、彼女のことを怒らせてしまったものと思っていましたが、この様子では、ただお仕事が忙しかったか、気まぐれにこちらに来なかっただけなのでしょう。でもやっぱり、あんなことがあっても、彼女が来たことを喜んでいる自分に気付き、私は苦笑いしました。

　お茶と羊羹を出して、前に座ると、彼女は、以前までと違うことが分かりました。目の白いところと、鼻の下が赤くなっていて、なんとなく、落ち着きがありませんでした。花粉症かしら、と思いましたが、くしゃみをする様子もないので、これはきっと、泣いていたのだわ、そう思いました。

「今日、あなたのご本を、買わせてもらったのよ。」

　私は、つとめて明るくそう言うと、かばんを、ぽんぽん、と叩きました。彼女は、なんだか、悲しそうな顔をしました。

「……書けないの。」

「え？」

「書けないのよ、次の小説。」

　ああだから彼女は、こんな泣き腫らした目で、元気がないのだと思いました。

「そう、大変ね。でも、作家なら、誰でも経験することなんじゃないかしら？」

「あたし、作家なんかじゃないもの。」

「でも、これだけご本が売れて、立派な作家よ。入居申込書にも、書いていたでしょう？大きな字で、小説家、て。私、あれを見て、随分頼もしいなぁ、て、思ったんですよ。」

「あのときは、あの家に住みたかったから、そう書いたの。でも、だめ。書けない。」

彼女は、珍しく、羊羹にちっとも手をつけませんでした。

「蓮田さん、その本、読んでくれるの？」

「え、これ？　もちろん、読ませていただきますよ。この前は、ちょっとびっくりしてしまったけど、でも、ええ、読みますとも。」

「それはね、ひとりの人のために書いたの。」

「え？」

「あたしがうんこを食べた、その人のためだけに書いたの。」

彼女はそう言うと、泣き出してしまいました。私はどうしていいのやら、おろおろと落ち着かず、タオルを持ってきて、彼女に渡しました。奥の部屋の、夫の写真はしっかりとこちらを見ていましたけれど、何故だか今日は、私たちの話を聞かれてもいいだろうと、そう思っていました。

「ユキオのことが大好きで、本当に好きで、だから、ユキオのことが好きだ、ていうことを、どれだけ好きか、ていうことを書いたの。最初は気持ち悪かったし、吐いたりしちゃったけど、ユキオが望むんだったら、うんこだって食べようと思ったの。そして、それが出来たの、本当に嬉しかったのよ。あたしはこれだけ、ユキオのこと愛してる、て思えた。でも、馬鹿ね。それを、あたしたちの間だけのことにしなきゃいけなかったのに、あたし、あんまりいい出来なものだから、他の人にも読んでもらいたくなったの。あたしたちがどれだけ愛し合ってるか、知ってほしかったの。そしたら、賞を取っちゃった。それで。」

大きな目から、涙がぽろぽろ零《こぼ》れ落《お》ちました。板崎さんは、ちっともそれをぬぐおうとしないものだから、私が慌てて、タオルでそれを押さえました。

「ユキオが、怒ってどっか行っちゃった。僕に恥をかかせた、て。」

「まあ、ひどい！」

「あたし、ユキオも喜んでくれると思ってた。あたしは堂々と、好きな人のうんこを食べれました、て書いたのに。ユキオは、恥をかかされた、だって。わかんない。編集の人が、早く次の小説を、て言ってくるの。でも、書けないわ。だってあたし、ユキオのためだけに書いたんだもの。不特定多数の誰かになんて、書けない。」

板崎さんはとうとう、大きな声をあげて、本格的に泣き始めました。

「あらあら、まあまあ、どうか泣かないで。」

「うえぇぇぇぇん、うううううわぁあああんっ。」

「書けるわ、書けるわよ、きっと。」

それはそれは、賑やかな午後でした。私にもし孫がいたら、そんなことをふと考えたりもしましたが、板崎さんが、そんな存在になるなんてあり得ないと、慌てて首を振りました。板崎さんは、なんというか、本当に変わった人でした。

ひとしきり泣いた後、彼女はけろりと泣き止み、今度は心底寛いだ顔をして、

「あー、すっきりした、ありがと。」

と言い、羊羹を食べ始めたので、私は、呆気《あっけ》に取られてしまいました。

「たまにね、ものすごく大きな声で泣きたくなるのよ。そうするとね、すっきりするの。」

板崎さんは、さっきまでの悩みなど忘れてしまったかのように、初めて来た日と同じくらい、羊羹をたくさん食べました。でも、時折手を休めてぼんやりとしている様は、以前のように、変わっている人だから、ということで、片付けられなくなりました。彼女はきっと、とても寂しいのだ、と、思いました。好きな人のことしか書けないこと、そしてその人がどこかへ行ってしまったこと。いなくなったその人のことを、彼女はずっと、ずっと、恋しく思っていたのでしょう。

それにしても。そう思いました。彼女は何故、お友達にでも、ご両親にでもなく、私に、

こんなおばあちゃんに、そのことを打ち明けたのでしょう。彼女の悩みを知っているのは、私だけではないのでしょうか。もしかしたら、ご近所中を徘徊《はいかい》し、話を聞いてくれそうな人の家に行っては、今のように甘いものでも食べて、大声で泣いているのかもしれません。

そんなことを考えていましたら、彼女が、かばんの中をごそごそとやりだしました。また、何が出てくるのだろうと思っていたら、最初の日と同じ、茶色いざらざらした包みに入ったものでした。でも、今回のそれは、本のように軽いものではなく、何かずしりと、重そうなものでした。

「これ、家にあったの。」

彼女は、そう言いました。まっすぐ私の目を見てそう言うから、私は悪い予言を言い当てられた人のように、ひやりとしました。

「わざと、置いていったの？」

そう言いながら、彼女は袋から、それを出しました。

それは、灰皿でした。

瑪瑙《めのう》のような色をした、丸みのある小ぶりな、でも、ずしりと重い、石の灰皿でした。

「たぶん、あきふみさんの書斎だったとこの、机の引き出しに入ってたの。」

彼女は、お洋服の裾《すそ》で、きゅっ、きゅっ、とそれを何度か拭いて、私に渡しました。

「蓮田さんって、とても几帳面な人でしょ、たぶん、うっかり忘れたりしないと思って。何か、意味があんのかな、ておもったの。禁煙だって言ってたし。違う？」

気管が弱い、なんて、嘘でした。板崎さんがあの家で煙草を吸うのだって、ちっとも構いませんでした。

でも、何故だか、板崎さんが、その灰皿を見つけてくれるのを、私は待っていたような気がします。禁煙だなんて言っておいて、ここにある灰皿は何なの、そんな風に言ってくれるのを、私は待っていたような気がするのです。

私たち夫婦がまだ、若いといっても良かった頃のことです。彼が、家に、帰って来なかったことがありました。何も変わったところは、ありませんでした。ただ、いつものように朝食を取り、かがんで、丁寧に靴を履き、「行ってくるよ」と静かに言って、そのまま家に、戻らなかったのです。あれだけ真面目に、休まずに勤め続けた会社にも、一切、連絡をしていませんでした。

今のように、携帯電話もありませんし、彼が何も言わず朝まで帰らない、というようなことも、決してありませんでしたから、私は、我を失うほど動揺しました。真っ先に考えたのは、事故に遭ったのではないか、ということでした。しかし、近隣の病院に問い合わせても、夫のような年恰好の男性が運び込まれた、というようなこともなく、私はただオロオロとするばかりでした。もしかしたら、どこかで飲みつぶれているのかもしれない。あの人だって、ハメをはずしたい夜もあるだろう。そんな風に思おうとしても、あの人の性格から、どうしてもそういうことは、想像出来ませんでした。夫の身に、何があったのだろう。私はまんじりともせず、朝を迎え、昼になり、夜が訪れても、その場から、動けませんでした。連絡がないことを心配した会社の方が、家に寄ってくださり、事情を話しましたところ、その方に、私は、思いがけないことを聞きました。数日前、Sという作家が、自殺をしたこと。そのニュースを新聞で見たあの人が、ひどく胸を痛め、それからずっと、ふさぎこんでいたということ。

そのニュースは、私も知っていました。それどころか、新聞で見た私が、夫がいつもその人の作品を読んでいるのを知っていたので、彼に、「まあ、あなたの好きなSさんが、亡くなったのね」と、言いまでしたのです。あの人はそれを聞いて、「ああ、そうみたいだね」と、まるで遠い国で起こった台風のことを話すように、返事をしました。でも、会社の方は、夫のふさぎこみようは、全く尋常ではなかったと、言いました。

会社の方は、警察に連絡をしてはどうか、と言ってくださいました。そのときの物言いには、わずかですが、夫がSという作家と同じことを考えているのではないか、という意味が含まれていました。私は、その予感を振り払うかのように、それを拒否しました。不思議なもので、先ほどまであれほどオロオロして、落ち着かなかった私が、その予感を耳にした途端、頑《かたく》なになり、あの人は、きっと帰って来ますと、そればかりを繰り返し、じっと、その場を動かなくなったのです。会社の方は、困ったような顔で「戻られたらご連絡ください。会社には、うまく言っておきますから」と言い、帰って行かれました。とても、いい方でした。

ひとりになった部屋で、私は、彼のことを考えました。そして、思い立って、彼の書斎へ行きました。普段決して、足を踏み入れることのなかったその場所は、ひどく薄暗く、ホコリっぽくて、そして、煙草の匂いが、つんと漂っていました。夫が、私の前で煙草を吸うことは、ありませんでした。特に私がお願いしたわけではなかったのに、彼は書斎以外で、煙草を手に取ったことも、ありませんでした。煙草の匂いというものは、こんなに空気に残ってしまうものなのかと、驚いたのを、覚えています。

私は本棚から、Sの本を手に取りました。たくさんある本の中で、いっとう汚れていたものを選びました。それがきっと、夫が一番読んでいたものだろうと、思ったからです。ページを開き、私はそれを飲み込むかのように、夢中で読みました。それは、「ここ」以外に自分の場所があるのではないかと、思い続けている男の話でした。「家」や「妻」や

「子供」、「生活」や「幸福」などという単語に、すべて「　」がつけられ、自分がその「　」の中に納まっている違和感、居心地の悪さ、理由のない焦燥が、つづられていました。主人公の男は、ある朝会社に向かうバスで、見知らぬ老婆と出会い、ほとんど衝動的にその人の跡をつけ、そのまま、家に帰らなくなります。その老婆が現実のものなのか、幻なのかは、分かりません。そして彼が、自分の場所を見つけたのかどうかも、分かりませんでした。ただ、私は読みながら、震えが止まりませんでした。それはSという作家が書いたものなのに、夫の考えていることを、目の当たりにされているような気になりました。彼も、私のことを「妻」と、「　」の中にくくり、そして、この「家」ではないどこかへ、走り出してしまいたかったのか。そしてそんな夫の感情を、私はツユほども、気づかなかったのか。幸せだと思っていたのは、私だけだったのか。

愕然としながら座り込んだ私の周りを、薄い膜のようなものが、取り囲んでいました。それは夫の持つ、黒い感情のようなものだったのかもしれない。とにかくそれは、部屋中を埋め尽くし、そして、めまいがするほど、煙草の匂いが染み付いているのでした。その匂いは夫の影と共にあり、夫の秘密を共有した、この家で唯一のものなのだろうと、思いました。そしてそれが悔しく、私は声をあげて、泣きました。彼の机の上に置いてあった灰皿が、そんな私を、笑っているような気がしました。お前は、何も分かっちゃいない。

そう言って、笑っているような気がしました。

私はこの匂いを、そして灰皿が机に落とした影を、黒い黒い影を、一生忘れないだろう。

その日の明け方、夫は帰ってきました。出て行ったときと同じように、「ただいま」と、静かな挨拶をして、私の前に、立っていました。

泣いて怒っても、良かった。わめきちらし、彼をなじり、どうしてなのだと、理由を問いただしても、良かった。でも私は、それをしませんでした。「おかえりなさい」と、いつもの通り声をかけ、お茶を入れました。急須から湯のみに注ぐとき、自分の手がひどく震えているのに気付きましたが、何も言いませんでしたし、夫も、何も言いませんでした。ただ、私が台所へ戻ろうとしたとき、ぽつりと、「すまなかった」と言い、それから、何かを、言いかけました。でも私は、聞こえなかったふりをしました。

怖かったのです。

私は、幸せすぎて、怖かった。そしてそれが、おびやかされるかもしれないことが、怖かったのです。

彼が帰ってきた。それだけでいいではないかと、思いました。これ以上、何も知りたくなかった。ああ私は、彼の小説への思いが、ここまで強いものだったのだと、思わなかった。そして、Sという作家と同じように、私との生活や、毎日の仕事や、「　」でくられることごとくに対して、言いようのない閉塞感を覚えていたのだと、思いたくなかったのです。私たちは幸せなのだ、これからだって、平穏な生活を続けていくのだという思いで、私は、彼の言葉に、耳をふさぎました。そして彼の小説を、一生読むまい、そう思ったのです。

それから彼は、少しずつ少しずつ、いつもの彼に戻っていきました。彼も私も、このときのことを口にすることはなかったし、彼が私の前で煙草を吸うことも、ありませんでした。

彼は、私に、何を言いたかったのだろう。

ぼんやり見ると、机の上に、板崎さんの本が、影を落としていました。

こんなにひどい題の本を、私は見たことがありません。でもそれは、「好きな人のためだけに書いた」ものでした。決して声に出せないものだけれど、それはなんだか、可愛らしいラブレターのようにも、切実な訴えのようにも見えてくるものだから、不思議でした。

「あきふみさんがそう言ったら？」

彼女はたしか、私にそう聞きました。夫を、私たちの生活を汚された気がして、私は大声を出しましたが、私は、あの人を、本当に愛していたのだと、心底思いました。夫の見えないところから、秘密から、目を逸らして、気付かないふりをしていた。でも、愛していたんです。心の底から、本当に、愛していたのです。好きな人のためなら、なんだってしようという、板崎さんの気持ちは、私だってよく分かっていたはずなのに、ああ随分と、臆病だったわ、そう思いました。

そのとき、奥の部屋から、こつん、と音がしたような気がしました。どきりとしました。見ると、夫の遺影がこちらを向いて、笑いかけていました。優しい皺を残して、右上がりの口で、私に、笑いかけていました。

あなたは、どんな秘密を持っていたのですか。

いいえ、私は、分かっているのです。

あの、マニラ紙の封筒の中に、それは入っている。

もし板崎さんの言うように、小説が誰かひとりのために書いたものだったならば、私のためだけに、書いてくれたものが、一作でもあるだろうか。彼の秘密を、聞こうとしなかった私、彼の灰皿を、引き出しの奥深くにしまいこんでしまった、臆病な私のために。

そう思うと怖くて、だから私はあの封筒を、開けることができずにいたのです。規則違反のような気がするから、なんて、嘘でした。私は、ただただ怖くて、それを読むことができなかった。彼の秘密を知ることが、彼が「私」のことを、本当はどう思っていたのかを知るのが。私たちふたりの暮らしを、美しい、穏やかな思い出のままに取っておくことにしようと、私はあの封筒を、決して開けなかったのです。そして、私たちの思い出に、唯一暗い影を残した、あの灰皿を、引き出しの奥深くにしまいこんだのです。

「蓮田さん?」

板崎さんが、不思議そうに私を見ています。

彼女の手には、あの灰皿が握られていました。私が、封印しようとしていた、ちくりと胸の痛む過去が、その手にありました。

不思議でした。彼女の手にあれば、なんだって、甘い羊羹のように、それを欲し、受け入れられるもののように思えるのです。きっとそれは、恋人のそれを食べてしまったという彼女の、随分と大それた、愛情のせいかもしれません!

「その灰皿はね。」

私は、話し始めました。さっきまでは、曖昧な気持ちだったことですが、今では、彼女が書けない話をしてくれたのは、きっと私だけだと、何故か確信していました。私たちは、奇妙な縁で出会い、自分たちの秘密を、分かち合うまでになっている、その人生の不思議に、驚かずにおれませんでした。

私の話は、長くなりそうです。

大きな目をくるくると見開いて、板崎さんは私の話に、聞き入っています。もしかしたら、このこと、小説に書かれるかもしれないわ、なんて、思いながら、それでも私は、私がどれだけあの人のことを、昭文さんのことを愛していたかを、話し続けました。

私は、お話をしながら、思いがけない友人が出来たことを嬉しく思いながら、そして今夜は、きっとあの封筒を開けようと、そう誓っていました。

木《もく》蓮《れん》

木蓮が咲いていた。

マンションまでの坂道、白い花びらを大きく広げたそれを眺めながら、私は自転車を漕いでいる。

こんなところに木蓮の木があったなんて、気付かなかった。黒くてしなやかな枝を四方八方に伸ばし、狭い路地の中で、それは精一杯日の光に当たろうとしていた。どうしてこんな大きな木を見過ごしていたのだろうと、自転車を漕ぐ足が、自然遅くなった。

とても暖かい日だ。ダッフルコートなどを着ているのが、馬鹿らしくなる。でもきっと、日が落ちるとまた冷たい空気があたりを満たし、コートを脱ぐのを早まったことを後悔するだろう。少し汗をかきながら、前カゴに入れたラナンキュラスの鉢に、時々手を触れてみる。赤、黄色、ピンク。本当に綺麗なものを、神様は作ったなぁ、と思う。

ポストから数通の手紙を取り出し、部屋に入る。ベランダから日の光が差し込んでいて、部屋中を明るく照らしている。窓を開けると、少し冷たい風が心地よく、コートを脱いだ私の体を、優しく休ませてくれる。かすかに鳥の鳴き声が聞こえ、ベランダに置いたラナンキュラスも、やっと居場所を見つけた、そんな風に、体を伸ばしている。

こんな日は、温かいカフェオレにするか、冷たいのにするか迷う。少し考えて、ゆっくりとそれを味わうことに決め、結局お湯を沸かした。「すごく美味しいよ」そう言って恋人がくれたスコーンを、お皿に並べ、トースターで温める。コーヒーを落とす間、レコードに針を落とし、ロックステディの心地よいリズムに、しばらく身を任せよう。そして目を閉じる。ここがとても明るく、穏やかな空気が流れていることは、目を閉じても分かるのだ。手紙を見てみる。懐かしい友人からだ。桜色の封筒を開き、私はそれを読む。コーヒーが落ちる。ミルクを温めるのを忘れていたが、たまにはブラックで飲むのもいい。ミルクが無くても、部屋には甘い匂いが立ち込めているから。

いい日だ。とてもいい、日曜日。

コーヒーを一口飲んで、私は、思わず口を開く。


「……糞《くそ》……っ！」

こんないい日曜日は、滅多に無い。ここ最近週末はいつも雨がびすびす降って、冬の寒さは風呂場のカビのように、しつこく居座っていた。そんなときは出かけるのも面倒だし、家にいても昼間から電気をつけなければならず、なんとも陰気だ。なのに平日に限って阿呆のように晴れ、そんなときは決まって忙しかったし、土曜日は休みが取れない。ここにきてやっと、春の予感がする、とても気持ちのいい日曜日が訪れた。なのに。

あいつが来る。

くそ、考えただけで、胃がぐらぐらする。


マリという。陰険で底意地が悪く、獲物を取り逃がしたウミネコのような、苦々しい顔をしている。口はいつも不平を言っている最中のようにとんがり、そうでないときはだらしなく開いている。鼻の穴は太古の風葬の穴のようにいびつだ。それは性格がねじ曲がっている表れであり、実際いびつ。正面から見ると、ぺたりと貼りついていすぎて見えない耳も「私は人の話を聞きませんよ」というアピールであり、実際話を聞かない。

七歳。私の恋人の、子供だ。


私の恋人は、四十一歳。三十二のときに結婚し、最近離婚した。前妻はフライトアテンダント、離婚して親権は彼女に移ったが、長いフライトがあるときは、あの餓鬼を恋人に預けてくる。実家に頼め、と腹が立つが、ひとりいた婆さんが昨年死に、預けることが出来なくなったのだという。恋人は自宅を事務所にして、無農薬の食べ物や家庭菜園用の道具などの通信販売をしている。マリを預かっても、一日中家にいるので安心といえば安心だが、仕事をしているのであまり相手をしてやれないそうだ。

初めてマリに会ったのは去年、そろそろ秋の声が聞こえてきた頃だった。私と付き合いだしてからも、彼は月に一度の日曜日、娘に会うのだと言っていた。年が年だったし、離婚した嫁との間に子供くらいいてもおかしくないだろうと夕カをくっていた私は、いつも彼が帰りに家に来たら、

「マリちゃん、元気だった？」

と、優しい女を演じていた。三十四歳。それは、もちろん初婚の、なんの問題もない男の人と出会って結婚したかったが、仕事と合コンと酒にかまけて家事もろくに出来ず、笑うと不吉な予感のように皺が出来るようになった今となっては、バツイチでも子持ちでも、文句は言えない。子供は前妻が育てているというし、収入もあるし、彼を捕まえておかなくては後が無いという焦りから、私は相当、無理をしていた。

「今度の日曜日、マリに会ってもらっても、いいかな？」

ある日、彼がそう言った。うわあ来たぁ、そう思った。

マリが彼の家に預けられているときは、私は日曜日をひとりで過ごさなければいけなかった。会えるのは夜も遅くなってからだったし、仕事が早い身としては辛かった。フライトだかなんだか知らないが、早く帰って引き取りに来いと、前妻をうらんでは、ひとり芋焼酎を飲む日々、時折彼が「家に来る?」と言ってくれることはあっても、「マリちゃんも、パパにめいっぱい甘えたいでしょう」と、うそぶいて断っていた。

私は、子供が嫌いだ。

子供というのは、大人には想像もつかないような残酷性があり、排泄物関係にルーズ、粘液系にもルーズだ。つまり汚い。我儘《わがまま》で、世界は自分中心であると思い、相手を慮るということをせず、貯めるのは鼻くそだけ。爪の中がいつも黒く、思いのほか力が強い……、考えただけで嫌だ。嫌だ。

でも、恋人は逃したくない。

私はその一心だけで、マリに会うのを承諾したのだった。

「足、ふとーい。」

それが、マリが私を見たときの第一声だった。ずん、と子宮が下に落ちた気がした。咄嗟に、ここでどうやって笑えばいいのだろう、と思った。傷ついた顔をするのは大人げないし、恋人に救いを求めるのも恥ずかしい。かといって怒るのなんてもっとみっともないし、たしなめるほど親しくない。一瞬の間にそんなことを考えて、私は結局「えー、そうかなぁ？　でへへ」などと、とても情けない返事をして、ふつふつと沸き上がる黒い怒りを抑えていた。

「ふといよー、ママの二ばいあるぅ。」

よし、殺《や》ろう。そのとき心の中ですでに、ゴーサインは出ていた。しかし、恋人。恋人を逃したくない。私は心頭滅却すれば火もまた涼し、という誰かの言葉を思い出し、にこにこと中身のない空白の笑顔を作り続けた。

「こら、マリ。失礼だろう？」

恋人は、マリをそうたしなめたが、そんなことでマリが引っ込むわけはなかった。

「マリの、じゅうばい。」

よし、やっぱり、殺《や》ろう。しかし、恋人。

「そんなこと、言うもんじゃないよ。」

「どうして？」

「どうして、て、マリ、そんなこと言われたら、どう思う？」

「分かんない。」

「分かんない、じゃ、駄目だよ。想像してごらん。」

恋人は恐ろしいくらいまどろっこしい説教を始めだし、時々鼻くそをほじくるマリの手を、「だーめ」などと言って優しくつかんでいた。だーめ、ではないだろう。想像してごらん、ではヌルイだろう。私は彼とマリとのやり取りをイライラした気持ちで聞き、相変わらずあの中身の無い真っ白い顔をし、今日一日、心の中を空っぽにしよう、と誓ったのだった。そしてその、真っ白で空っぽだった私の心は、帰る頃にはどす黒いタール様なものが溜まり、そこに時々真っ赤な熱い何かが見え隠れする、という有様になった。本当に、本当に嫌な餓鬼だった。もし結婚して、あいつを引き取ることになったら……、と思うと、背筋をジジィの濡れた手で撫でられたような気持ちになった。

出来ることなら、あいつには、二度と会いたくない、そう思っていた。もう作り笑顔をする自信がないし、今度こそ、本当に殺してしまいそうだった。

でもおととい、彼からとんでもないことを頼まれた。

「一日、マリを預かってくれないかな?」

あんぐりだった。本当に口を開けている私を見て、彼は説明した。

「日曜日なんだけど、どうしてもはずせない仕事が入って。」

「あの、あの、奥様は……?」

「彼女も仕事で、どうしても手が離せなくて。」
「あの、あの。」
「駄目、かな？」
仕方がなかった。

私は、恋人の困った顔に弱い。どんな表情も、素敵……と、うっとりしてしまうが、特に少し年齢を感じるようになった目尻をきゅうと下げ、心底困った顔をされるあの瞬間、何もかも許してしまうのだ。

フリーのカメラマンをしている友人につれて行ってもらった飲み会で、彼に初めて会った。彼女は学生の頃からの友達だが、今の仕事についた途端なんか偉そうになり（「カメラマンじゃないのよ、フォトグラファーなの」）、あまり好きではなかった。でも、飲み会の席を見た途端、「ありがとう！」と叫び、彼女を抱きしめたくなった。それほど、彼は素敵だった。彼の商品を撮影するのをきっかけに、友人は彼と知り合ったそうなのだが、当然のことながら、彼女も彼を狙っていた。

彼に仕事を聞かれ、咄嗟に「エディター」と答えた。高齢女性向けの健康雑誌だが、嘘はついていない。友人が口を挟むのを許さず、私は話し続けた。すると彼に、

「君は明るくて、いいね？」

そう言われた。決して明るくない、どちらかというと梅雨どきの室内のような湿っぽい性格だが、その日はガハハと大口を開けるが、しかし下品にならない程度に笑う、という努力をした。三十四歳、重い女だと思われたらアウトだ。友人と私はその後数回バトルを繰り返したが、結局射止めたのは私だった。血の滲《にじ》むような努力だった。やっと恋人同士になれた朝、「ありがとうございます」と心の中で何か分からない神に祈った。暗い傾向にあった私の三十代に、明るい光が見え出した瞬間だった。

付き合いだしてからも、私の努力は終わらなかった。「家庭的な雰囲気が好きだ」と彼が言えば、やれ煮物だ味噌汁だを料理本と首っ引きで作り、作りなれているフリをすることに腐心した。酒を飲んで興が乗ったときは、「私、子供好きなんだー」という嘘のアピールをし、半年に一度干すか干さないかだった布団なのに、天気のいい日は彼を起こし、「もう、お日様がこんなに照ってるときは、お布団干したいのっ！」と優しく彼を叱り、少しだけ所帯くささを匂わせた。

バツイチ子持ちなのは、仕方が無い。あれだけハンサムで仕事も出来て優しいのであれば、それくらいはどうということはなかろう。

しかし、あの娘。

どうしてあんな素敵な彼から、あんな生意気な、そして可愛くない子供ができるのか。嫁がよほど悪かったのではないか。そう思うが、フライトアテンダントです、と言われると、なんとなく何も言えない。それどころか、すみません、と謝りたくなる。

今日は、彼がマリをつれて、私の家に来ることになっている。家に入られるのは嫌なので、下についたら電話をくれ、と言っておいた。「天気もよさそうだし、どこか遊びに行ってくるわね」などと約束をして逃げたのだ。でももし、彼が部屋に入ってきたときのために、インスタントラーメンやスナック菓子の袋を、戸棚の奥に隠しておいた。彼は口に入れるものや生活に関して、こだわりをもっている。無農薬の野菜、無添加の洗剤。そういう類のものの通販をしているのだから、当然といえば当然なのだが、私の家に初めて来たとき、歯磨き粉の成分を見て「これはやめた方が、いいよ?」と言った彼の顔を、私は忘れることができないでいる。「そうね、そういうとこに無頓着になったら駄目よね」私はそう言い、その日から部屋に置くものにも注意を払った。彼の通販で商品を買い、無農薬の野菜が置いてある八百屋まで足を延ばし、浄水器を取り付け、部屋に緑と花を絶やさないようにした。大学のとき、サボテンを枯らしたことがある私だが、彼のためだと思えば、花の世話にも必死になった。ベランダに置いたラナンキュラスも、随分と前からここにあったように、自然にそこに馴染んでいる。

そのとき、チャイムが鳴った。来た！　くそ、電話をくれと言っていたのに。

私は急いで身支度をし、玄関横の鏡で顔をチェックした。厚塗りではいけない。でも、皺を隠す程度の化粧かどうか。いい具合に後れ毛が出ているか、貧乏臭くない程度に。一瞬でそれを判断し、扉を開けた。

「やあ、こんにちは。」

彼が立っていた。ベージュの麻のセーターに、いい具合にくたびれたジーンズを穿《は》き、洗いたてなのだろう、さらさらとした髪を風になびかせて、笑っている。素敵……。思わずうっとりしていると、下腹部に鈍い痛みを覚えた。

「うっ。」

うつむくと、マリがかばんを私の腹にぶつけているのだった。この餓鬼。

「こら、だーめ。マリ、そんなことしたら、お姉ちゃんがどう思うか、想像してごらん。」

出た、「想像してごらん」！　そんなことに当然聞く耳を持たず、マリは手にしたボーダーのかばんをぐるぐる振り回している。

「マリちゃん、お久しぶり。覚えてる？」

もうすでに煮えたぎった腹の中を見られないように、私は精一杯の笑顔を作った。マリ

は鼻くそをほじくると、

「うん。足太いおばちゃん。」

と言った。殺……、

「こーら、マリ。」

恋人はしゃがんで、マリの頬を優しくつねった。そして立ち上がり、時計を見た。

「ごめんね、僕もう、行かなければ。」

「え、もう？　お茶でもどう？　あの、オーガニックコーヒー入れたの。」

「オーガニック！　いいね、でもね、行かなければ。ありがとう、ごめんね。今度、とっておきのオーガニックティーをプレゼントするから。」

彼はマリの頭を撫で、

「お姉ちゃんの言うこと、よおく聞くんだよ？」

と言った。マリは最後の言葉を聞く前にもう靴を脱ぎ、私の部屋の中へ飛び込んでいった。くそ！　あの餓鬼！

「分かった、じゃあ、終わったら電話してね。」

私がそう言うと、彼は私の頬に軽いキスをして、指を唇に当てた。

「マリには内緒、だよ？」

そしてそのまま手を振って、行ってしまった。

私が玄関でぼうっとしていたら、マリの声が聞こえた。

「あんたの、こと、」

びっくりして振り返ると、ゴミ箱の中からあの桜色の封筒を取り上げ、必死で読もうとしている。私はあわてて走り、マリの手からそれを取り上げた。

「あんたのこと、一生許さない。」

それは、彼を紹介してくれた友人からの手紙だった。よほど私のことを恨んでいるのだろう。彼女はこうして定期的に、不幸の手紙を送ってくるのだ。ははは、暇な女だ。

「ねえ、今の手紙なに？　どうしてゴミ箱なの？」

「これ、手紙じゃないのよ、あのね、お姉ちゃんが字を書く練習してたの。」

「どうしておじいちゃんが書くみたいな字なの？」

うるせえな。

友人は恨みをこめて、筆で手紙をしたためてくるのだ。でもそれをマリに言えるはずもないし、ひょんなことで彼に伝われば、私の評価が下がる。

「お習字の、練習！」

私は手紙を出来る限り細かくちぎった。そして話をそらそうと、マリのご機嫌を取ることにした。

「マリちゃん、可愛いお洋服着てるのね。」

実際そうだった。母親の趣味だろうか。だとしたらむかつくが、彼と同じ麻の素材の藍色のワンピースに、白いコットンのカーディガン。靴下は青と白のボーダー。この年の女の子にしたら、とてもシンプルな服だ。しかし、着ている奴が、こいつでは。

マリはまた鼻くそをほじっている。しかも、取り出したそれをどこにつけようかと、きょろきょろとまわりを見回しだした。あわててティッシュを渡すと、それにつけ、つまらなさそうに、

「パパはぁ？」

と言う。やはり話を聞いていない。

「パパはね、お仕事。だから今日は一日、お姉ちゃんと遊ぼうね。」

マリは返事をせず、また部屋の中を色々物色しだした。何か変なものでも見つけられたらたまらないと、私はマリの手を取り、「マリちゃん、出かけよう、ね？」と、必死で誘った。

「どこに？」

「どこがいい？　マリちゃんが行きたいとこ。」

「ふんっ！」

急に鼻息を荒らげるマリに、私は驚いた。何か怒らせるようなことでも言ったのかと見ると、しれーっとしている。癖なのか。

「どこに行きたい？」

「ふんっ。」

本当に、嫌な餓鬼だ。


手をつなぐべきかどうか迷った。自分の七歳時代を思い出そうにも、それは応仁の乱の少し後くらい昔のことぐらいに思われて、どうにもこうにも困った。マリはかばんをぶるんぶるん震わせ、時折立ち止まりながらも、私についてくる。

「ねえ！」

マリが、私を呼んだ。そういえばマリが私の名前を呼ぶところを見たことが無い。せいぜい「足太いおばちゃん」だ。せめてお姉ちゃんにしろ、と言いたいが、恋人に告げ口されたらかなわないので、ぐっとこらえた。

「これ、なんて読むんだっけ？」

マリがゴミ置き場の何かを指さしている。面倒くせえな、そう思いながら戻ってみると、壁に大きく「SEX」と書いてある。ずうん、と、今度は子宮が上がった気がした。落書きなんて、どこにでもある。なのにわざわざこれを選ぶなんて、こいつは意味を知っているのではないか。知っていて、意地悪をしているのではないか。

「これ？　うーん。英語だねぇ。」

「分かってるよ、エスでしょ、イーでしょ、エックス！」

そういえばマリは英会話教室に通っているのだと、恋人に聞いたことがある。時々僕のことをダディ、て呼ぶんだよね、と彼が言うその言葉を、気が遠くなりながら聞いたものだ。しかし、エス、イー、エックス。ここまで言われて、私はどうすればいいのか。

「あ！　マリちゃん、見て。鳥が飛んでる。どこから旅をしてきたのかしら？」

「えす、いー、えっくす！　ねえ、なあに？」

「ちゅんちゅん、綺麗な声ねぇ。」

業を煮やしたのか、マリは仏頂面で歩き出した。ほっとしたが、マリがむかついている様子なのに、むかついた。

マリはどんどん先を歩く。駅の場所も知らないくせに、ガニ股で歩くマリの影を見ながら、私は、ばかやろう、手などつなげるかと、心の中で悪態をついた。

私の住んでいる駅の沿線に、動物園がある。駅名は「○○動物園」となっているが、車に乗っていたら見逃しそうな、小さな動物園だ。子供は動物を見せておけばおとなしい、という一般論を信じ、そこに行くことにした。行きたくなくてもかまわない。そもそもマリがどこに行きたいのか明示しないのが悪いし、恋人に後で尋ねられても、動物園なら聞こえがいいだろうと思ったからだ。

電車に乗ると、マリはすぐに靴を脱ぎ、中腰で窓の外を眺め出した。

前に座った婆さんが、私たちのことを「微笑ましいわねぇ」という顔で見ている。マリと私は、親子のように見えているのだろう。私だって順調な人生を歩んでいたら、マリくらいの年の子のひとりやふたり、いたかもしれない。そして今のように、電車に揺られて、動物園に出かけていたかもしれない。人生を間違った、とは思わないが、もう少し何か、すべきだったのではないか。

マリは、口を半開きにして、窓の外をじっと見ている。急にこちらを見たりするから、あわててにっこり笑うけど、また「ふんっ」と鼻息荒く、自分の世界に戻って行ってしまう。

こんな子でも、親は可愛いのだろう。恋人がマリを見るときの目尻の下げ方などを見ると分かる。私も、自分の子なら、可愛いのだろうか。

動物園は、日曜日なのに閑散としていた。母親が子供を連れてくるというよりは、ジジィたちが暇を持て余したときに来る場所、という感じだ。等間隔に置かれたベンチには、はかったように、似たジジィがいびきをかいている。

「順路」という表示に従って、私たちはのろのろと園内を巡った。

最初はオランウータンだった。一頭のオランウータンが、木の上でじっとこちらを見ている。看板に「サムくん・オス・にさい」とある。サムくん、というよりは、サムさん、と呼びたくなるような、貫禄のある佇《たたず》まいだ。マリは鉄柵に顔をつけて、じっとサムさんを睨んでいる。サムさんは「あ？　なんだこら？」という表情で睨み返す。そして時々、股間に手をやる。やめなさい、と言いそうになったが、過剰反応するのは危険なのでやめておいた。

「おちんちんあかい。」

マリがぽつりと言う。始まった。私は聞こえなかったふりをして、ふらふらと次の檻《おり》に向かった。鳥のコーナーだった。五つほど並んだケージの中で、クジャクやオウムがくちばしを開けたり、糞をしたりしている。

「見て、マリちゃん。綺麗よ。」

振り返ると、マリはまだ、オランウータンの檻にへばりついていた。あの餓鬼。

「マリちゃん！」

少し大きな声で呼んでみた。マリは、やっとこちらに顔を向け、「ちっ」とでも言うように、のろのろとこちらに歩いてきた。

「見て、綺麗な色の羽ねぇ。あお、きいろ、みどり……。」

私がそう言っても、上の空だ。よほどサムさんのあかい股間が気になるのだろう。ちらちらと後ろを振り返っては、結局鳥を素通りした。マリはそんな感じでふらふらと歩き、いくつかの檻を素通りして行った。そんなに速く歩くと、すぐに動物園を出なければいけない。もう私に持ちネタは無いし、話すことも無い。困った私はしばらく「キツネさんだ、コンコン！」「あれれ、このおうちは誰もいませんねぇ、お散歩かな？」など、歯が浮いてそのまま成仏してしまいそうなほどの台詞を吐き、マリの気を引こうと思ったが、無駄だった。

半ばあきらめた私が、ぐったりしながらしばらく歩くと、マリはやっと狸様なものの檻の前に落ち着いた。ほっとして看板を見ると、「ハクビシン」とある。

「あ！　これ、サーズの……。」

気を抜いて思わず声を出した私を見て、マリがすかさず聞いてきた。

「なにそれ？　さーずって？」

さっきとは打って変わった態度だ。是非答えてあげたいが、サーズの説明を七歳の女子にするのは、なかなか難しい。それに「今日はお姉ちゃんとどんな話をした？」と聞く彼に、マリが「さーず」と答えるところを想像し、危機感を覚えた。私は曖昧に「びょうきよ」などと返事をし、しつこく聞いてくるマリの意識を近くの変な狸に向けようとした。

「ねえ、さーずって何？　えす、いー、えっくす？」

しつこい！　挙句、英語的な名前を聞き、さっきのアレを思い出したのだろう。これはますます、面倒くさいことになった。

「マリちゃん、見て。足跡があるよ。これは何かなぁ？」

道に書いてある「順路」のまわりに、ぽつぽつと動物の足跡が描かれている。

「比べてみよっと！　わあ、大きいっ！」

「えす、いー、え……。」

「次の足跡まで、届くかなぁ？　……えいっ！」

完璧に、道化だ。三十半ばになって、動物の嘘の足跡から足跡までジャンプすることになるなんて、思いもしなかった。どうか誰も、見ていませんように。そう願う前に、私たちのまわりには昼寝をしているジジィ以外いなかった。

私は一体、何をしているのだ。

実はさっきからよぎっていたその思いが、また私の脳裏をかすめた。大嫌いな子供の前でおどけてみせ、ご機嫌を取り続けている私。

分かっている。それもすべて、恋人を逃さないためだ。マリに、言ってほしいのだ。

「パパ、あのお姉ちゃん、すごく優しいよ。」

母親になる気などない。さらさら、ない。ただ、恋人にいい女だということを、印象づけたいのだ。

汗ばむほどにおどけていると、背後から気配が消えた。あれ？　そう思って振り向くと、マリが、口を開けてこちらを見ていた。

「あ？　何それ？」という、さっきのサムさんの表情だった。ボッと音がして、顔から火が出そうだった。あ、の、餓鬼っ！　いくら小さいとはいえ、大人をうやまえ！　どれだけ恥ずかしい思いをして、おどけてやっていると思っているのだ！

私はどきどきと動悸が高鳴るのを感じながら、それでも笑顔を作った。ぴりぴりと、何かに感電しそうな笑顔だった。

マリは「あ？」という表情のまま、私の後をついてきた。「いやぁ、心から、面白くありませんよ」という風情だ。私はいまや、かなりの汗をかいていた。しまった化粧が取れると思ったが、そんなことにかまっていられなかった。頭をフル回転して、自分の七歳のときの記憶を辿った。

私は、何が楽しかったのだろうか？　大人がすることに、あんな表情を見せることがあっただろうか？　何をしてもらったら、この人優しい人だと、思っただろうか？

駄目だった。全然思い出せなかった。

途方に暮れ、私は無言で歩いた。マリも、無言でついてきた。早く今日が終わりますように。私はそれだけを願った。

足跡を辿って行った先には、羊がいた。私は仕方がない、という風に柵に寄りかかり、あきらめたように、

「羊さんって、綿菓子みたいねぇ。」

と言った。当然マリは、返事をしなかった。すぐに沸点に達しようとする自分の血を、出来るだけ抑えて、私はしばらく羊に夢中なふりをした。すると、また不幸が起こった。

「あ、あれ、何してんの？」

柵から一番離れた場所で、一頭の羊が、他の一頭に覆いかぶさっていたのだ、後ろから。なんだこの動物園は。変なホルモン剤か何かを投与しているのか。どいつもこいつも、サ

カリがつきやがって！

マリは、さっきまでの煮魚のような目から一転、またキラキラとした目で、二頭の羊と私を交互に見てくる。

「あれ、何してんの？　ねえ、あれ、何してんの？」

エス、イー、エックスだよ！　言いたかったが、さすがにそれはこらえた。

間違いない。今日は私の人生で、最もついてない日のひとつだ。素敵な恋人の代償は、こんなにも大きいものか。

ぐったりした頭で、ふと目をやると、売店があった。ソフトクリームの看板が揺れている。助かった！　そう思い、私はマリに、

「ソフトクリーム食べたい？」

そう聞いた。するとマリは途端に、今日見せた中で、一番不機嫌な顔をした。

「外で、おやつ食べたら、ママが怒る。」

その言葉で、私も急に、母親の存在を思い出した。分かっていたことだが、こいつは、恋人が前妻とエス、イー、エックスして出来た子供なのだ。改めて考えると、ムラムラと湧き上がる怒りを、抑えることが出来なさそうだった。

そして、ふと思った。もしかして。

「ねえ、マリちゃん。」

「ねえってば、あれ何してんの？　あれ何してんの？」

「おやつにスコーンとか、食べる？」

「何してんの？　何してんの？」

「お母さんの手作りの、スコーン？」

「何してんのっ！」

糞！　私はきっと、呑気《のんき》に前妻が作ったスコーンなんぞを食べていたのだ。マリは答えないが、そんなことはかまわない。「外でおやつを食べたら怒る」というのが、その証拠ということにする。絶対あれは、前妻の手作りだ。だって恋人は「このスコーンは全粒粉で作ってるそうだよ」なんて、随分と詳しかった。あのボソボソと味のない、スコーン！うまくもまずくもない、あの！

恋人はよく私に「前の妻に会ってほしいよ。僕ら別れても、とてもいい友達なんだ」などと言っていた。「マリもそれは、分かってくれているみたいなんだ」。

はぁ？　ははは。友達だから、スコーンをプレゼント？　そもそもお前ら「えす、いー、えっくす」してたんだろ、だからマリが出来たんだろ。それで、いい友達？　何を言う。

頭の中を何かがぐるぐると回り、私は気が遠くなった。

「……糞……っ！」

視線を感じた。はっとして見ると、マリが羊から私に興味を転換していた。キラキラとした目で、じっとこちらを見ている。しまった、うっかり声に出してしまった。

「くそ、て何？」

私はあわてた笑顔で、遠くに見える変な狸に、再び逃げようとした。

「ぬいぐるみみたーい。」

「ねえ、なんで怒ってるの？」

マリが聞いてくる。

「あらぁ、手を洗ってる。綺麗好きなのねぇ。」

「ねえ、何に怒ってるの？　何に？」

くそ、餓鬼が。私はもはや、流れ落ちる汗を止めなかった。化粧など落ちてもかまわない。ここは、笑うことだけに集中しなければ。そのとき、

「ママのこと？」

マリが、そう言った。

うるさい！　咄嗟に、マリの手を取った。私はそのまま歩き出そうとした。それだけだった。その瞬間、マリは反射的に私の手を払った。パチン、と小さな音がした。

決定的だった。

私の心が、ぱりん、と乾いた音を立てた。私は払われた手をどこに置いていいのやら分からず、その場でぼんやりと立っていた。マリは、少しはっとした表情を見せたような気がしたが、すぐにぷいと、向こうを向いた。

最悪だった。

マリのことを、心から憎いと思った。もう、作り笑いは出来なかった。あんたのことなんて、大嫌いだと、叫びたかった。

そして、さっき頭の中をまわっていたものが、はっきりとその輪郭を現した。

今の自分の生活だった。

そもそも私には、無理だ。

恋人を失いたくないあまり、明らかな無理をしている自分。無添加の化粧品も、無農薬の野菜も、化学繊維を使っていない服も、私にはどうでもよかった。それどころか、うっとうしかった。油でこてこてのクリームを塗らないと私の目尻はすぐ悲鳴を上げたし、ケンタッキーフライドチキンが大好きだし、レーヨンのテロテロした具合が好きだった。実は、彼の洗いたての髪のこと、四十一にしてそれはねぇだろと思うし、「〜、だよ?」という話し方も、イラーッとするし、盗んだように頬にキスをするのも、その後の「マリには内緒、だよ？」も、「サムい！……」と、思っていた。

でもそれらを、知らんふりしていた。いけない、いけない、彼は私の素敵な恋人なんだから、そう思った。彼の「あちゃあ」というところは、見て見ぬふりをしていた。

もう、ひとりに戻りたくない。世間的に素敵な恋人を手に入れたら、手放したくない。自分を曲げてでも！　曲がりすぎて、違う形になっても！

でも、無理だ。ああ、無理だ。

もういい。マリが恋人に何を言おうが、かまうものか。

私は改まって、き、とマリを睨んだ。

「あんたさぁ。」

初めて私が、挑戦的な言い方をしたので、マリは体をぴ、と伸ばした。私は、溜めていたものを一気に吐き出すように、口を開いた。

「さっきからエロイとこばっか反応してるから教えてあげるけど、あれはね、せっくすって言うの。せっくす。分かる？　羊がやってたのもそう、サムさんはそれをしたいと思ってるし、そもそもあんたの父親と母親もそれをしたから、あんたが生まれたんだからね！」

　言葉が止まらなかった。大声を上げる私を、マリがぽかんとした表情で見ていた。その阿呆面にますます腹が立って、私はさらに、声を張り上げた。

「もういっかい言おうか？　せっくすだよ！」

ああ、終わりだ。お　し　ま　い　だ。

マリは言うだろう、「パパ、せっくすて何？　あのおばちゃんが言ってたの」。

でも、かまうものか！　疲れた。私はもう、疲れたのだ。恋人に振られたってかまわない。ははは、そしたら、一日中インスタントラーメンを食べよう。新作が出ているのに、ここ最近ずっと我慢をしていたのだ。あれを、片っ端から食ってやる！

私は、まさにヤケクソになっていた。動物園なんて、私はそもそも嫌いだった。小さな頃からそうだ、こんなとこ、くせえし、何が面白いんだと、思っていた。せっかくの日曜日をフイにして、こんな糞餓鬼と糞動物園にいる、こんな、糞な私！

笑い出したい気分だった。実際、笑いかけた。

そのとき、

「そうだ！　せっくすだ！」

突然、マリが叫んだ。七歳の口から大声で吐き出されたインパクト過多のそれは、園内中に響き、寝ていたジジィが一斉に起きた。

「せっくす、せっくす！」

頭がおかしくなったのだろうか。マリは、嬉しそうにそう言うと、くるくる回りだした。

明らかに尋常ではなかったが、今日見せた中で一番、いや、今まで見せたことのない、屈託のない、子供らしい仕草だった。そして、こう言った。

「おばあちゃんが、教えてくれたの！」

驚いた。おばあちゃん？　あの、死んだ婆さんが？　マリは、それを思い出したことが嬉しくて仕方がない、という風に、にこにこと笑った。

「おばあちゃんはね、なんでも教えてくれんだよね！」

子宮が、きゅうと、また動いた。

でも今度のそれは、上がったのか下がったのか、分からなかった。ただそれはじんわりと熱く、その熱さが、みるみるうちに胸まで上がってきた。じっとマリを見ている私をよそに、マリは興奮を隠しきれない様子で、棒切れを拾って来、地面に何か書きだした。

「茉莉花」と、書いてあった。突拍子もない行動は、子供そのものだが、随分難しい漢字を書けるものだと、驚いた。

「これはね、マツリカ、ていうんだ。マリの名前は、ここから取ったんだって。それもおばあちゃんが教えてくれた。あ！」

「え？」

くるくると変わるマリの言葉に、私は翻弄《ほんろう》されていた。そのまま、マリが指差した先を思わず見ると、一本の木が立っていた。

それは、木蓮だった。

「木蓮だ！　あれね、おばあちゃんの木なんだ。白いのは、本当はハクモクレン、ていうんだよ。庭にあるの。大好きなんだ、て。だから私、あるだけの木蓮を見つけたいんだよね。見つけて、ほんで、おばあちゃんに、教えてあげたいんだよね。」

マリはそう言うと、得意そうに笑った。そして、こう付け足した。

「極楽に、行っちゃったけどね！」

思い出した。

私は、自分の七歳だった頃のことを、思い出した。お母さんの選んでくれる服、親戚のおばさんにもらった靴、連れて行ってもらった動物園。そのどれも、私には嬉しくなかった。両親がある時期から不仲であることは、今のマリの年の、もっと前から分かっていた。私の前で、ふたりが言い争いをしないでおこうとしていることも、私に何か重大な隠し事をしていることも、分かっていた。ふたりは必死で、私のご機嫌を取ろうとした。私に優しくしてくれた。でも、私は、そんなことではなく、夜、蛍光灯の下で話し合っている両親の、そのひっそりとした話し合いに参加したかった。姉妹で泣いているお母さんとおばさんを、私が慰めたかった。

大人が隠していることの全てを、知りたかった。

マリを見た。マリは、えす、いー、えっくす。えす、いー、えっくす、そんなふしだらなリズムをくちずさんで、意気揚々と歩いている。時々鼻くそをほじくっては、柵につける。私が何も言わないでいると、柵を舐めたりまでしている。

噴出してしまった。噴出して、それで、何故か泣きそうになった。

「子供には分からない」なんてこと、大人しか思っていない。子供は、大人が思っている以上に大人で、そして、大人が思っている以上に幼く、弱いのだ。

「お別れしても、お母さんとは友達なんだ」なんて、そんなちんけな理屈より、マリは、自分はどうしてこの世に生まれてきたか、どれだけ愛のあるセックスで、この世に生まれてきたかを、知りたかったのだ。そしてそれを、「極楽に行った」婆さんしか、教えてやる人はいなかったのだ。

「ねえ！」

思わず声に出した。マリが振り向いて、「鉄、にげえ、」という顔をした。

「何か食べたく、ない？」

「うん、いいけど。」

「ケンタッキーはどう、かな?」

マリは、目を丸くした。そして、

「ママが……。」

と言った。それをさえぎるように、私は言った。自信はあった。

「あんたの死んだばあさんなら食べさせてくれた、でしょ?」

マリは、もっともっと目を丸くした。そして、笑った。

私たちは歩き出した。やめ、やめ。動物園なんて、つまんねぇ。ケンタッキー食うぞー! あのぎとぎとと不健康な味を思い出して、私はごくりと喉を鳴らした。

「ちょっと、あんたさぁ、私さっきからあんたの父親の真似してるんだ、けど?」

マリは、ゴリラみたいに興奮して、大笑いをした。

「サムいわぁ、あれ。やめてくれないかな、あの話し方。」

「寒い、て?」

「寒い、つうのは、本当に寒いんじゃないんだよ、なんかこう、イタイこと。」

「痛いって?」

こんな風に、私とマリの話は、ずっと続いた。なんでも聞いてきやがるから、話すことがなくて気まずい、なんてことは一瞬もなかった。

サムさんの前を通った。サムさんは奥に引っ込んでおり、残念ながらあかい股間は見られなかった。

私は思っていた。帰り道、あの道を通ろう。真っ白い花びらを広げ、路地裏で木蓮、そうだ、マリはそれをハクモクレンというのだと、教えてくれた。それがひっそりと立っている、あの道。そして、マリに言おう。

「ばあさんの木は、こんなとこにもあるんだぜ。」

ふと道を見ると、私とマリの影が、ぴたりとくっついていた。

影

耳が痛い。

内部が膨張して、どんどん膨らんでいく。海亀が卵を産むみたいに、中から丸くてぬるぬるした、恐らく白い色の何かが、ポンッと飛び出してきそうだ。いっそ飛び出してくれたら楽だろうに、それは際でとどまって、いつまでもいつまでもじくじくと圧迫を続ける。両耳を覆うように手をやると、「シュワーッ」という、サイダーが破裂するような微かな音が聞こえた。こめかみがズキズキと痛み、それは各細胞と密接につながって攻撃をしかけ、私を憂鬱にさせる。

飛行機は嫌いだ。この耳の耐え難い痛みは、皆感じているものなのだろうか。隣の男性などは、離陸する前から、さっさと眠ってしまっている。彼のように出来れば楽なのに、この痛みのせいで、それが出来ない。昨日はほぼ寝ないで、ふらふらの体で来たというのに、重いまぶたと裏腹に頭は冴え冴えとして、まったく眠れる気がしない。時々唾《つば》を飲み込んでみても、「ぎくっ」という音がするだけで、痛みは相変わらずだ。私は心底嫌になって、やけくそに前の座席に挿してある雑誌を開いた。怠惰なエメラルドグリーンの海が広がっており、ハワイと書いてある。私が降り立つ島にも、こんな海が広がっているのだろうか。それを考えると、何故かまた憂鬱になった。

空港から、バスで二時間ほど揺られ、港から出る船に乗る。港では、真っ黒に日焼けした高校生の集団が浮き輪や釣竿などを持って、突堤で奇声を上げていた。飛行機を降りたことでホッとしたが、耳の中には、まだ違和感がある。

チケットを買い、船に乗り込んだ。海は、こっくりと濃い藍色をしている。白い波が時折立つくらいで、とても静かな海だ。島へは二十分ほどで着く。見回すと、親子連れや恋人同士、女の子のグループや男女入り混じったグループなど、たくさんの人が「待ちきれない」という表情で海を見ていた。私のようにひとりで島へ行く人はいないのだろうかと探してみたが、地元の人らしき老人が、ひとりいるだけだった。少しがっかりしたが、甲板などにまで探しに行く気にはなれない。サングラスをかけ、誰とも目が合わないようにした。女の子二人組が、島の地図を広げて何やかやと話している。とても楽しそうなその横顔が眩《まぶ》しくて、私は目を閉じた。

そのとき、水しぶきが、顔に当たった。その冷たい感触がまた、私を憂鬱にさせた。

橋爪さんと貫井さんは、結婚まで秒読みだと、社内でも公認のふたりだった。

橋爪さんは社内ででしゃばることも無く、そつなくＯＬ業務をこなす女の人で、おまけに貫井さんは地味な人事部の中でも、とりわけ地味な存在だった。自分たちを全くおびやかすことのない橋爪さんと、取り立てて付き合うことがうらやましくもない貫井さんが理由で、ふたりの結婚を応援するのは、当然のことのようになっていた。

特に私は、女の持つ「嫉妬」や「秘密」というような、少し湿り気のあるような感情から、対極にある女だった。いや、そう皆に思われていた。最近恋人と別れたが、私はそのことを笑いでもって皆に報告した。皆は私のことを「田畑さんは本当にサバサバしてるね」などと言い、そう思われていることを痛いほど分かっていた私は、その役目をきちんとこなしていた。恋人と別れ、悲しくなかったわけではない。会社のデスクで、胸をかきむしって泣き出したいと思ったこともある。でも私は、皆から見られている「私」に、あまりにも忠実だった。太陽が乾かした髪のように、さらさらとして、そして強い女だという「自分」を変えてしまうことよりも、守ることの方が簡単だったのだ。

ある日の会社帰り、貫井さんと偶然に会った。彼は、どことなく疲れているように見えた。貫井さんのことを魅力的だとも、そもそも男として見たことなどなかったが、その沈むように疲れた表情は、私の興味を惹《ひ》いた。どちらからともなく誘い、飲みに行った居酒屋で、彼は自分のことを話した。橋爪さんとの結婚が当然のものとされている自分の環境への苛立ち、自分のことを信じて疑わない橋爪さんへ時に感じる厭《いと》わしさ。ほとんど初めてきちんと話す私に、そこまで言ってくる貫井さんが不思議で、私は彼を茶化した。

「結局、マリッジブルーということでしょう？」

貫井さんはしばらく考えてからビールを飲み干し、

「皆から自分という人間を決め付けられるのは、恐ろしいことです。」

と、小さな声で言った。それだけだった。なのに、私はその声に、浅はかにも惹かれてしまった。いや、惹かれたような気分になった。「彼は自分に似ている」と、思ってしまったのだった。

彼との関係は、三ヶ月ほど続いた。週に一度か二度、彼は私の部屋に来た。それがどうして橋爪さんの知るところとなったのかは分からない。でもとにかく、私たちの関係は社内中に知れ渡り、私は「善良な橋爪さんの善良な恋人を誘惑した女」ということで、皆から非難を浴びることになった。

ロッカールームで私が皆に囲まれたとき、皆の輪から離れるようにして、橋爪さんが泣いていた。私は何故かそのとき初めて、心底、彼女のことをうらやましいと思った。

「橋爪さんの気持ち、考えたことあんの？」

「田畑さんがそんな人だと思わなかった。」

皆は、確かそんなことを言っていたように思う。私は、ずっと黙っていた。何を言っていいのか、分からなかったのだ。こういうとき、「私」なら、なんて言うだろうか。例えば恋人と別れ、笑って見せていたけれど無理をしていたのだ、そんな風に言えばいいのだろうか。幸せそうなふたりが羨ましかったのだと泣き崩れれば、皆の怒りも、少しは収まるのではないか。それとも「たかが浮気じゃない。彼は橋爪さんのこと、とても愛してるよ」などと、さらりと笑ってしまうのが、「私」らしいのだろうか。私は頭の中でそんなことばかり考え、皆の言うことが、全く頭に入らなかった。そのとき、「聞いてるの？」と、誰かが勢いよくペットボトルでロッカーを叩いた。そこから飛沫《しぶき》が飛び、私の顔を濡らした。それがとても冷たくて、私は我に返った。

「皆から自分という人間を決め付けられるのは、恐ろしいことです。」

貫井さんの声が、聞こえたような気がした。

島の日差しはきつく、私たちの影をそのまま地面に貼り付けてしまいそうだった。島の子供たちが港にたむろし、続々と降りてくる旅行者たちを、慣れた目つきで見ている。港には、宿の人が迎えに来てくれていた。黒檀のような肌をした老人が、トラックまで案内してくれる。私は荷台に荷物を置き、そのままそこに乗り込んだ。空が青かった。こんなにも青いものがこの世界にあるのかと思うほど、青かった。ぼんやりした面持ちで空を眺めていると、何故か貫井さんと別れるときの、「すまない」という声を思い出した。でもそれも、帽子を深くかぶって、頭から追い払った。

宿に着いても、どこにも行きたくなかった。でも、部屋の中からちっとも出てこない女の一人客、というのは怪しまれるだろうと思い、私はぶらぶらと浜辺を散歩することにした。

あれだけいた旅行客はどこに泊まっているのかと疑うほど、浜に人影はなかった。空よりもっと青い海が視界を埋め尽くし、骨のように真っ白な砂浜が、目に痛かった。文庫本を持ってきたが、この強烈な自然光の下では読む気にもなれず、私はふらふらと歩いては立ち止まり、というようなことを繰り返していた。足元を見ると、自分の影が、船を降りたときより、少しだけ長く伸びていた。真っ白な紙に、黒々とした不吉な染みを落とすかのように、それはだらしなく砂浜にへばりつき、砂浜の隆起によって形を変えている。足を取られる感覚と、ぐにゃぐにゃと形を変える自分の黒い影が気持ち悪くて、私はその場に腰を下ろした。

ちりちり、と何かが焼ける音が聞こえる。私は飛行機の中の耳の痛みを思い出し、思わず唾を飲み込んだ。ごくり、という音を立てたが、取り立てて何も変わらない。木陰に座れば良かったと後悔したが、少し見回してもそのようなものはなく、私は諦めて足を伸ばし、太陽が照りつけるままに任せた。

「こんにちは。」

そのとき、声が聞こえた。振り返ると、逆光の中で、女の子が立っていた。目を細めて、もっとよく見ようとしている間に、彼女はひらりと私の隣に座った。面倒くささが先に立ったが、ここまで距離が近いと、無視するわけにもいかなかった。

彼女は真っ黒に日焼けしていた。唇までも、ほぼ茶色をしてひび割れており、それと対照的に少し色素の薄い目は、驚いているように大きく、濡れていた。バックパッカーでも、旅行者でもないだろうと思った。でも、地元の人間だとはっきり言えるような、先ほどの港の子供たちのような慣れた雰囲気もなかった。年は、二十歳に届くか届かないかだろう。でも、中学生だといわれても納得してしまいそうなのは、乱暴に生えたままに任せている眉毛や、挨拶をしておきながらそ知らぬ顔をしている、その態度のせいだろう。

「今日着いたの？」

自分の足元を見ながら、彼女はそう言った。この馴れ馴れしさは、島特有のものか、彼女の性格なのか、量りかねた。でも、ひび割れた唇を舐めながら、探るようにこちらを見た彼女の目の奥に、少し凶暴な光が見えたような気がして、それは彼女独特のものなのだろうと、思った。

「どこに泊まっているの？」

返事をしないでいる私にお構いなく、彼女は聞いてきた。

「……白浜荘。」

ほんの数分浜に座っていただけなのに、随分と久しぶりに口を開いた気がした。気が付けば私の喉はカラカラに渇いていた。ビールが飲みたい、心からそう思った。

「夜、幽霊が出るわよ。」

彼女が、ふいに言った。私の反応を、うかがっているようだった。やはり面倒くさい女だ、と思った。私は「そう」、などと曖昧な返事をし、そんなことには興味がない、というポーズをした。それよりも、喉が渇いて渇いて、仕方がなかった。

「嘘じゃないわよ、あすこの、死んだ長男の幽霊。皆に殴られて、殺されたの。」

一瞬、背中がひやりとした。でも、ここで反応しては、彼女の思う壺だと思った。彼女は明らかに、私を怖がらせようとしている。そして、それより強く、自分に注意を向けたいと思っている。少しシナを作るような笑顔を浮かべてこちらを見ている彼女の目に、私は軽い嫌悪感を覚えた。

「私、みさきといいます。去年東京からこの島に嫁いできたの、親の借金のカタに。いけにえみたいなものね。」

言っていることが分からなかった。何か聞こうかと思ったが、やめた。今はとにかく、ひとりになりたかった。どうすればどこかに行ってくれるのだろうと考えていると、浜の向こうの方から、

「あ、みさきじゃ！」

と叫ぶ、男の子たちの声が聞こえた。

「みさきぃー、お前またホラ吹いとんのやろがぁ！」

「お前のホラも聞き飽きたわぁ！」

男の子たちは、口々にそう叫んだ。よく見ると、さっき港にいた小学生くらいの男の子も、数人混じっているようだった。私は状況を量りかねた。ただ、この女の子がみさきという名前で、島の中では小さな男の子たちまでに知られるほど「うそつき」で有名だということだった。男の子たちは、どんどんこちらに近づいてくる。私のことではないのに、ドキドキと心臓が震えた。みさきを見ると、

「そのサングラス、素敵ね。私が持ってるのと、そっくり。」

そう言った。そしてそのまま立ち上がり、走って藪《やぶ》の中に消えた。

「あ！　逃げよった！」

「やめやめ、追うのはつまらん。」

男の子たちはしばらくこちらを見ていた。どうしていいのか分からなかった。毅然とした態度を取ろうと、覚悟してそちらを向くと、

「こんちはぁ。」

と、とても親しげな挨拶をされた。私は随分と拍子抜けした気分で、挨拶を返した。

「ネエネエは、ひとりで来たん？」

男の子のうちのひとりが、そう言った。ネエネエとは、私のことだろうか。自信がないながらも、そう、と返すと、男の子たちは口々に「東京から来たんか」「何泊するんや」「海に潜ったか」などと聞いてきた。屈託のないその瞳は、決して東京にはないもので、私は落ち着かない気持ちになった。でも、ここで曖昧な態度を取るのは、彼らの気持ちを裏切るような気がした。私は出来るだけ明朗に、皆の質問にひとつひとつ、はっきりと答えていった。しばらくそうしていると、彼らは私が「明るい女」で、「ひとりで旅行をするくらいに大人」で、そして「この島を気に入っている」、ということに、とても満足したようだった。私はやっとほっとして、視線を海に戻した。

そのとき、最初に声をかけてきた少し年長の男の子が、

「みさきの相手はせん方がええ。」

と言ってきた。私は、スカートを翻して駆けていった、あの女の子の後ろ姿を思い出した。

「どうして？」

「あいつは、嘘つきじゃ。」

そうじゃそうじゃと、皆が同意した。嘘をつくくらいなら、そんなに害はないんじゃないの？　などと、なるべく軽い口調で言うと、「あいつの嘘は、タチが悪い」「頭がおかしい」「人の家を覗く」「島に友達が一人もいない」など、思い出せる限りの彼女の奇行、そして悪口を口にした。

「あの子も、東京から来たの？」

半ば予想しながら私がそう言うと、皆は、

「嘘じゃ嘘じゃ。あいつは島からいっぺんも出たことねえ。」

と、鼻で笑った。そして、「東京弁なんて使いよってからに」と、苦々しげに付け足した。

もう、日がだいぶ翳《かげ》って来ていた。皆の影は私の方に長細く伸びて、そのまま向こうの

藪の中に走って行ってしまいそうだった。

「な、ネエネエ。みさきとは、話したらいけん。」

もう一度彼はそう言ったが、私は思わず、

「ここは、影がきちんと黒いわね。」

そう口に出した。男の子たちは皆、分からないという風に、首をかしげた。


会社を辞める日、皆は形ばかりの別れの言葉と、薄い紫の花束をくれた。白けたような雰囲気の中、私が「お世話になりました」と頭を下げると、ぱらぱらと、秋の長雨のような拍手が返ってきた。頭を下げたその先に、フロアの青い絨毯に貼り付くようにして、私の影が映っていた。透けて青い色に見えるほど、その影は薄く、頼りなく、さっさと持ち場に戻ろうとする皆の足に踏まれ、重なって、その形を失っていった。

まるで私ではないか、そう思った。

私は自分の影のように、環境によって形を変え、時には消えさえした。皆の思う「私」を、忠実に演じていれば、それで良かった。貫井さんに会い、「私は私だ」と言う機会を得たように思ったが、それは錯覚だったし、彼は当然のように、私の元から去っていった。もう、取り繕うのはやめよう、一人になったのだ、ありのままの自分でいようと思い、最初に選んだのが、この島だった。でも私は過去にからめ取られ、結局、また自分の影のような頼りない感情を持て余している。島の子供たちのように、黒くて、確実で、屈託のない、何者かになれたら。そう願っても遅く、海を見て、「うそつき」の女の子が残していった余韻に、少しばかり浸るだけだ。

彼女は、みさきといった。

彼女のことを少し考えたが、やめた。私とは、何も関係がないのだ。


夜は、宿で食べることになっていた。私の他に二日前から泊まっているという家族連れがいた。子供たちは真っ黒に日焼けしており、地元の子供とたがわないほどだった。先ほどの老人の娘だろうか、四十代半ばほどの女の人が、てきぱきと皿を並べている。時折一人客である私に声をかけることも忘れない。とても感じのいい人だな、と思った。彼女は、康子さんと名乗った。私は康子さんの質問に出来るだけ笑顔で答え、彼女に求められているであろう「一人旅の女」を形作っていった。どこに行っても、そういう習慣を捨てきれない自分が嫌だったが、私はその頃には、もうすっかり諦めていた。

「まずビール、飲みますか？」

あらかたの料理がそろったところでそう聞かれ、私は何度もうなずいた。小さなグラス

に注がれた黄金色の液体を見ていると、喉が何度も鳴った。一息で飲み干す私を見て、康子さんはにっこりと笑い、

「喉が渇いてたんやねぇ。」

と言った。笑うと口元に優しい皺が出来、それがますますこちらを安心させるような、そんな人だった。ふと、みさきが話した長男の話が頭をかすめた。みさきの年頃が言う「長男」だから、もしいるとすれば、この人の息子だろう。私はてきぱきと働く康子さんの横顔に、どこか黒い翳りがないか、宿に漂う空気に、少し痛みを伴うものがないか、確かめようとした。しかしふわふわと酔った頭ではそれを感じ取ることは出来ず、それにそもそも、皆に嘘つき呼ばわりされていたみさきの話を信じるのが馬鹿だと思い直した。

「今日は、どんなとこ行きなさったの。」

女の人に聞かれ、私は浜のこと、海のこと、そして男の子たちのことを話した。みさきのことは、話さない方がいいように思えた。

康子さんは、うんうんと聞いてくれ、時折優しい合いの手を入れる。そのゆったりと落ち着いたさまは、とても息子を失った女の人などには、見えなかった。

目を覚ますと、空は抜けるように晴れていた。昨日トラックの荷台から見たそれと同じ

く、どこまでも青く、そこから削るものも足すものもなかった。カーテンをしっかり閉めていたはずなのに、いつの間にか部屋中にその青が押し寄せている。外に出なければ後ろめたいような、そんな気持ちにさせられる。それだけでも、もしかしたらこの島に来て良かったのかもしれない。ここ最近いつも見ていた嫌な夢も、昨日は見なかった。康子さんにお休みなさいを言い、お風呂に入り、そのまま何も考えずに布団に入った。そして、気絶するように眠った。太陽の光を浴びる、ということは、それだけであんなにエネルギーを使うものなのか。

散歩だけではきっと間が持たないだろうと思い、いつでも海に入れるように水着に着替えた。私の泊まっている二階の窓からは、生えるに任せた雑草の庭と、遠くに一軒、小さな納屋のようなものしか見えない。一度開けたカーテンを閉めるのも面倒で、私は部屋の隅で服を脱いだ。差し込んでくる光が、私の体を照らす。それは、消えてしまいそうなほどに、白かった。

今のように、何度目かの逢瀬のとき、部屋の隅で裸になった。そのとき、貫井さんが言った。

「当たり前の話だけど、女の人は皆、体が違うんだね。」

その言葉は、驚くほど私を傷つけた。立っていられないほどの怒りで、目もくらみそうだった。橋爪さんと比べられることが嫌だったのではない。ただ、「あとくされがない女だろう」「軽く受け流してもらえるだろう」そんな思惑を、彼の言葉の奥底に感じ取った。「人から自分という人間を決められること」に、あれほどの嫌悪を見せていた彼が、その点において私を軽んじていたことに、どうしようもなく腹が立った。私は何も言わずそのまま服を着て、驚く貫井さんに、

「帰ってください。」

と言った。思えばそれは、私が貫井さんに対して「本当の自分」を見せた、最初で最後の一言であり、精一杯の訴えだった。

「帰って。」

週の何日かを一緒に過ごすようになり、私は氷が溶けていくように、少しずつ、貫井さんを身近に感じるようになっていた。彼が日常、私と同じような窮屈さを感じているのかもしれないということが、私の心の何かを和らげた。私は久しぶりの居心地の良さを感じ、ああこれが、私が求めていたものなのだと思った。彼には、私のそんな気持ちを伝えることはなかった。私の気持ちは誰あろう貫井さんが一番分かってくれていると思っていたし、自然その信頼の気持ちは、私の態度に表れているだろうと思っていたのだ。

でも、違っていた。それを知らされ、私は愕然とした。私を分かってくれているなど、幻想に過ぎなかった。涙が止まらなかった。貫井さんはしばらくオロオロとしていたが、「すまない」という言葉を残して、玄関を開けた。

「行かないで。」

その言葉が喉元までこみ上げてきた。でも、言えなかった。どうしても、言えなかった。

彼が出て行った後、ひとりになった部屋で、私は「貫井さんは影が薄い」と、誰かが言っていた言葉を思い出した。そんなことがあるものかと、私は思った。私の部屋には、彼の匂いが、視線が、言葉が、そこかしこに影を落としていた。それを踏まなければ部屋を歩けないほど、影は色濃く、染み入るように、いつの間にか私を囲んでいた。彼の影が薄いなど、そんなことがあるものか。私は泣くことも出来ず、彼の影たちにがんじがらめになっていた。そして動くこともままならないまま、朝までの長い時間を過ごした。

その日がきっかけで、私たちの関係は、橋爪さんの知るところとなったのかもしれないと、今になって思う。一緒にいても、「わたしたちの今後のこと」などという類のことを一切言わない私に対して、彼は後ろめたさがなかったのだろう。しかし、そのとき初めて、私から驚くほどの愛憎の匂いを感じて、彼は急に、ことの重大さに気付いたのだ。いきなり芽生えた拙《つたな》い彼の罪悪感が、橋爪さんの嗅覚を刺激し、そしてああいう結果に至ったのだ。

視線を感じた。ような気がした。

タオルで体を隠し、窓の外を凝視したが、人影はなかった。でも、背筋を何かが這《は》っているような悪寒は、しばらく取れなかった。私は慌てて着替え、カーテンを閉めた。慣れない場所で敏感になっているのだろうか。私は落ち着かない気持ちで、しばらくうずくまっていた。

昨日と違う浜に行こうと思ってうろうろと歩いたが、どこも誰かしらが嬌声を上げていた。盗む人などはいないだろうが、一人でも誰かがいると、泳いでいるときに気になって仕方がない。結局フラフラと、昨日の浜に戻ってきてしまった。そこには案の定、誰もいなかった。

じりじり照りつける太陽の暑さを忘れたかのように、水は驚くほど冷たく、澄んでいた。私はひとしきり泳いで、今日もくたくたになろうと決めていた。貫井さんの言葉や、何人もの自分に囲まれ、「早くどれか選んでよ」と言われる夢を思い出さないように、今日も気絶するように布団に入ろう。そう思っていた。海から出る頃には、すでにくたくただった。宿まで歩いて戻れるだろうかと危惧《きぐ》するくらい心拍数は高く、私は体の芯から疲れて仰向けに寝転がっていると、予感がした。先ほど私の背中を滑っていった悪寒が再び起こり、私は目を開けた。

みさきが立っていた。

幽霊みたいな子だな、と思った。まさかと思い足元を見ると、みさきの影はしっかりと、その黒い姿を砂に落としている。

「こんにちは。」

間髪いれず、彼女は私の隣に座った。どうして私になつくのだろう。それとも、他の旅行者にも片っ端から、声をかけているのだろうか。そもそも昼日中から島をうろうろして、彼女は何をやっているのか。

私は起き上がり、乱れていた髪を直した。

「あなた、何をやっている人なの？」

私は気まぐれを起こし、みさきに聞いてみた。面倒くさくなれば、宿に帰ればいい。

「何をしてるかって？　薬を作ってるの。」

みさきは幾分誇らしげにそう言った。

「薬？」

「そうよ。」

「薬剤師、てこと?」

「やくざいし? なあにそれ?」

また嘘だ。そう思った。

「私が作ってるのはね、まだ日本では認められていない薬なの。それを飲むと、髪の毛が全部白髪になったり、海の色が分からなくなったりするけど、その代わり、ものすごい効能があるのよ。」

「効能って?」

「内緒。」

そこまでの嘘は考えていないのだろう。私は急に白けた気分になり、足で砂を掘った。白い砂はしばらく掘るとすぐに茶色い、湿った砂に変わり、死んだ珊瑚や貝が足をちくちくとさす。みさきは、しばらく私がするのを見ていたが、

「あんまり深く掘ると危ないよ。ここいらの砂の下に、白骨化した死体がたくさん埋まってるんだから。」

と言った。自分に構ってほしくて仕方がない、という感じだ。

「何の死体よ?」

私は挑むような口調で、そう聞いた。

「たくさんの死体のこと。」

思わず、笑ってしまった。

「たくさん、て。そんなことを聞いたんじゃないのよ。私は、何の死体が埋まってるのか、て聞いたの。」

「いろんなものよ、たくさん。」

私は諦めて、海を眺めた。早春の緑と、宵の青が、混ざり溶け合いながら、浜に打ち寄せる。それは大きく口を広げて「おいでおいで」をしてみたり、何かに追いかけられているかのように、急いで引き返したりする。「生きている」そう思う。そしてそれと対照的に、浜はどこまでも白く、静かで、何か死体が埋まっていると言われても、なるほどそうかもしれないと思わせる不気味さがあった。そもそも私の足をさすこの珊瑚や貝だって、立派な死骸なのだ。

「東京って、どんなとこ？」

みさきが聞いてきた。昨日、去年東京から嫁いで来たと言ったばかりなのに、みさきのそのツメの甘さがおかしかった。意地悪をしてやろうと、

「住んでたんじゃないの？」

と言うと、

「住んでたけど、あなたが住んでる東京を知りたいの。」

などと返す。彼女が島の人に嫌われるのが、なんとなく分かる気がした。何も言うまいと、黙っていると、ねえねえとしつこい。睨んでやろうと見ると、彼女はあの濡れた目で、まっすぐに私を見ていた。その瞳に気おされてしまった。私はぽつぽつと自分の住んでいる場所や生活のことを話した。自分でも驚くほど、素直に話をしたが、貫井さんのことは、黙っていた。

みさきは、それはそれは熱心に私の話を聞いた。島から出たことがない、という男の子たちの言葉を信じざるを得なかった。そして、思った。こんな小さな島から出たことがないというのは、どんな気持ちだろう。これだけ目を輝かせて都会の話を聞く、二十歳になるかならないかの女の子を、ここにとどめておくものは何なのだろう。彼女のことは島中の人間が知っているのに違いない。そしてその評価が「嘘つき」なのだ。私ならきっと、そんな島にはいないだろう。外へ出て、変わりたいと願うだろう。

私は、足元の砂をもう少し掘り進めた。みさきはもう「死体がたくさんある」と言ったことは、忘れているようだった。ひとしきり私の話を聞いて、ほう、とため息をついた。

「幽霊、出たでしょう?」

ふいに、みさきは、上からじっと私の顔を覗き込むようにして、そう言った。

「ねえあなた、嘘つくの、やめたら？」

私は出来るだけ意地悪な口調にならないように、注意をしながら言った。彼女を傷つけることが、目的ではないのだ。

「嘘じゃないわ。」

みさきは、大きな目をますます大きく見開いてそう言った。

「あすこに、幽霊は出るのよ。あすこの長男の。」

私はため息をついた。

「やめてよ、私にまで、あなたを嫌いにさせたいの？」

ほんの少ししか話をしていないのに、私はもう、この女の子のことを哀れんでいた。こんな狭い世界から出ることを知らず、皆に嘘つきと言われながら、生きて行っている彼女が。そして、その哀れな姿に、何故か自分が重なり、嫌悪感に、いてもたってもいられなくなった。

「ほんとよ。」

みさきは、もう一度そう言った。私は立ち上がった。帰るわ、と小さな声で言い、そのまま浜を歩いた。みさきは追ってこなかった。途中気になって振り向いたが、彼女はそのままぼんやりと、海を見ていた。

「ネエネエ、みさきと喋っとったろ?」

三日目の夕方、宿の近くの自販機で、あの男の子たちの一団と会った。彼らは手に手に釣り道具を持ち、真っ黒な額から落ちる汗を、拭おうともせず、私を凝視していた。

「どうして喋るんじゃ。あいつに関わるなと、教えちゃったろうが。」

あれからみさきは、ふらふらと散歩をする私や、浜でぼうっと海を眺めている私の元に、何度も現れた。その度にすぐに見抜けるような嘘をつき、そして必ず、最後には「幽霊を見たか」と、聞くのだった。

私は、みさきに対しては、「うっとうしい」「あっちへ行って」などと、自分が思っていることを何も考えずに言えることに気付いていた。康子さんや島の人に話しかけられると、どうしても「この島をとても気に入っている人間」として、必要以上に明朗に話してしまうのに、みさきには心底疲れた顔や、イラ立った顔を見せることが出来るのだった。

「ネエネエ。」

男の子たちは、私を囲むように立っていた。本人たちも気付かずそんな状況になったのだろうが、こうやって囲まれていると、自分が何か、とても悪いことをしており、それを糾弾されているような気持ちになってきた。そしてそう思うと、小学生であろう小さな男の子でさえ、とても威圧的な存在に感じるのだった。

「でも……、無視するわけにもいかないし……。」

私は、やっとそう言った。リーダー格の男の子が、それを聞き、

「無視してええんじゃ。」

と言った。そして、私を、少し斜視な目で、ぎろりと睨んだ。

そのとき、昨日部屋で感じた視線は、これかもしれない。急にそう思った。

そうではない、そんなはずはないと思いながら、私は体の先が痺れたような感覚に陥った。

耳が痛い。

気圧にやられているかのように、耳が、痛みを訴えていた。唾を飲み込んでみても、駄目だった。私は今、とても怖がっている。何をそんなに怖がることがあるのか。自分を奮い立たせてみても、耳の痛みは、どうしても取れなかった。

私は何も言わず、男の子たちの足元に映る、くっきりと色濃い影たちを見た。それは、自信に溢《あふ》れているように見えた。自分たちの存在をつゆほども疑わない、見ているこちらが震えるほど、堂々とした影だった。

男の子たちの姿が見えなくなるまで、私はその場を動けなかった。心臓がどきどきと鳴り、頬を伝う汗は冷たかった。たかが中学生や、小学生の、他愛ない集団ではないか。そう言い聞かせてはみたが、私の体に起こった冷たい痺れと、耳の耐え難い痛みは、なかなか取れなかった。

これは何なのか、考え、そしてすぐに、思い出した。

あのときの、皆の目だ。ロッカールームでの、皆の、あの目。

自分たちの世界を信じて疑うことのない目。それを侵す者への、不信の目。

私はあの目に、耐えることは出来なかった。貫井さんに会いたいと思う気持ちや、橋爪さんをうらやむ気持ちは、あの、圧倒的な感情の前に姿を消した。それは、恐怖だった。私は、自分を曝《さら》け出すのではなく、「曝け出される」ということを、最も恐れていたのだ。

「田畑さんのこと、そんな人だと思わなかった。」

その言葉を言われることが、これほど辛く、耐え難いものなのだと、思わなかった。

いや、本当は知っていた。自分が何に怯《おび》えているのか、私は知っていた。でも、貫井さんに会ったこと、私を知ってくれている人がいるということが、私を勇気づけた。

ほんの一瞬でも、良かった。彼がいればそれでいいと、一瞬でも、思ったのだ。

今やそれも、全て終わった。私はまた皆の視線を気にし、評価に怯える人間になった。

そしてやはりまた、そこから逃れたがった。視線に怯え、自分を懸命に作っている自分を、ひとときでも変えたかった。

みさきも、そうなのだろうか。私は皆に「嘘つき」と呼ばれ、疎まれ、それでも嘘をやめない、あの痩せた女の子を、思い出した。いや、違う。私とあの子は、決定的に違う。あの子は、皆に嘘をつくが、自分には決して、嘘をつかないだろう。人の視線に怯えたり、人の評価に阿《おもね》ることを、彼女は決してしないだろう。

耳が痛い。

私は両手で耳を覆い、その場に立ち尽くしていた。みさきに会いたい。何故か、強くそう思った。


康子さんからみさきの話を聞いたのは、その夜のことだった。

「みさきちゃんと、今日、喋っとったでしょう?」

康子さんがそう言ったとき、またか、そう思った。康子さんには、みさきのことを悪く言ってほしくなかった。皆のように、彼女を非難してほしくなかった。でも、私の危惧とは裏腹に、彼女は続けて言った。

「何を言われたか知らんけど、あの子のこと、誤解したらんとってね。ええ子なんよ。」

私は驚いて、康子さんを見た。そのとき初めて、康子さんの目の奥にある、ぬぐうことの出来ないほの暗い闇を、見たような気がした。

みさきが言ったことは、本当だったのだ。そう思った。

「誤解してません。いい子だと思います。」

私がそう言うと、康子さんは安心したように話し始めた。

康子さんの長男は、五年前に、海で亡くなった。未成年で酒を飲むのは、この島では当たり前のことだった。そして飲む場所は決まって、私がいつも帰ってくるあの浜辺なのだと言った。康子さんの長男は、酒を飲み、皆にあおられ、そのまま海に入って死んだ。

「みさきちゃんは、死んだうちの子の、彼女やったんよ。」

その言葉を聞いたとき、心臓を誰かに摑まれたような気がした。きりきりと音を立て、それはそのままつぶれてしまいそうだった。

「皆には隠しよったけどね。うちは知っとったん。こっそり夜会うてるふたりを、何度か見たことあるんよ。私も何も言わんかったけど、そんな矢先に、あんな事故があって。私ら悲しうてやり切れんで、みさきちゃんの存在なんて、すっかり忘れとったんよ。葬式も来んかったからねぇ。でもほら、十五やそこらの恋って、忘れんじゃろ？　余程辛かったんやろうねぇ。そっからみさきちゃん、なんやありもせん嘘つくようになって。人魂を見ただの海の色がおかしいだの。最初は可愛いもんやったんやけど、段々島の人が相手せんなったら、今度は観光に来とる人らに何やかや言うようになったたん。あんたも、なんか、言われたじゃろ？」

康子さんは、いつの間にか自分のグラスにビールを注いで、飲み始めていた。旦那さんの存在を、滞在中感じることはなかったし、家族と言えるのは、あの老人だけだろう。康子さんは、ずっとこの話を誰かにしたかったのではないだろうかと、私は思った。

「言われました。いろいろ。」

私はそう言ったが、長男の幽霊の話は、しなかった。

「そやろ。島の人らはほとんど、あの子は頭がおかしい思っとる。特に子供らは。そらねぇ、好きな人を失う女の気持ちなんて、小さい男の子らには、分からんよねぇ。」

康子さんはそこで、静かな目をした。もしかしたら旦那さんも、海で亡くしたのではないだろうかと思った。でも、聞かなかった。

「分からんよねぇ。」

康子さんは、もう一度そう言った。

その夜、夢を見た。

私の部屋を、高校生くらいの男の子が、窓から覗いている。暗くて顔は見えないが、彼の体が濡れているのは分かる。雨が降ったのかなどと、呑気に考えてみたが、雨音はせず、私は、「ああ、やっと幽霊が出た」と思った。思ったら、急に怖くなった。体中を稲妻のような悪寒が走り、心臓の音が、どこか遠くの方で聞こえた。そしてまた、耳の奥がジーンと痛み出した。目をつむりたかったがそれも出来ず、私は泣き出しそうな気持ちで何かを言わなければと思った。そして、

「貫井さん。」

と言った自分の一言で、目が覚めた。泣いていた。

そのとき、ポンッと音がして、耳から空気が抜けた。あれだけしようとして出来なかった耳抜きが、こんな状況で出来たことに驚き、少し笑い、そしてまた泣いた。

こんなに泣いたのは、小さな頃以来だった。

帰りの船は、夕方出港する予定だった。私はみさきに会えないものかと、それまでずっと、いつもの浜にいることにした。

私が腰を下ろしてすぐ、まるで待っていたかのように、みさきが現れた。挨拶もそこそこに私の隣に座り、いつものホラ話を始めた。今度ある人が気球に乗せてくれるから、フ

ランスに行くつもりだ。結婚話があるが、私は家にたくさんの大トカゲを飼っていて、旦那になる人がそれを怖がるから破談になりそうだ。

私はいつになく熱心にその嘘を聞いた。そして、みさきに言われる前に、こう言った。

「幽霊、出たわよ。」

みさきは、ぴたりと話すのをやめ、私をじっと見た。私は、それ以上は言わなかった。

「そう。」

みさきは、鳥のように澄んだ声でそう言い、じっとしていられないという風に、立ち上がり、その場をうろうろし始めた。嬉しそうにも、とても悲しそうにも見える、不思議な表情をしていた。あんまり乱暴に歩くものだから、時々砂が私にかかる。それを払いながら、私は、みさきの影を見た。ぐにゃぐにゃと隆起する砂に合わせ、それはいとも簡単に形を変えた。荒れた海に入ったら、それに合わせた荒々しい影になるだろうし、静かな道を歩いていたら、夜のように静かな影になるだろう。

でも、思った。それもどれも、自分の影だ。

あの日オフィスの床に見た、消え入りそうな頼りない影も、港で見たこっくりと濃い影も、皆、「私」の影なのだ。それを作ることが出来るのは、私しかいないし、どの影だって、結局は「私」のものなのだ。

みさきの嘘は、「嘘をつくみさき」にしかつくことは出来ないし、皆の前で自分を演じていた私も、私にしか出来ない。嘘をつこうが、自分を作ろうが、それをするのはすべて「自分」なのだ。「ありのままの私」なんて、知らない。今この地面に足をつけている、この足こそが私のものだし、他の何者にだって、変わることは出来ない。変わりたい、と思っている、自分がいるだけだ。

あれだけお喋りだったみさきは、私のことになどお構いなしで、海を見たり、目をつむったりしている。本当に本当に、死んだ彼のことが、好きだったのだろう。

みさきを見て、思った。貫井さんを失って苦しかった自分や、皆の視線に怯えて、貫井さんへの恋心を捨てた自分。そのどれも同じ「自分」なのだったら、私は「貫井さんのことを、心から愛していた自分」を、思い出にしよう。

短くても、ああ私は、彼のことを、どれほど好きだったか。

「そう。」

みさきは、またそう言った。今度は、はっきりと、泣いていた。

私はそれを見ないようにし、海へ視線を投げた。海はとても怠惰な色をしていた。でも今度はその色は、私を決して憂鬱にはさせなかった。

しずく

フクさんとサチさんは、二匹の雌猫です。

フクさんは六歳と少し。真っ白い体に日本地図のようなのと、頭にはおわんをかぶったようなキジトラ模様があります。肉球は綺麗な桃色、尻尾がすらりと長く、趣味は、飼い主のシゲルが脱いだ靴下に鼻をすりつけて、気が遠くなること。とても気位が高く、随分と気まぐれです。

サチさんは、七歳になる少し前。キジトラの体に、マスクをして靴下を穿いたような白の模様があります。肉球は茶色と桃色のまだらで、尻尾は太くて短く、趣味は、飼い主のエミコがスイッチを押す洗濯機を見て、目を回すことです。彼女も大変気位が高く、そして、とても気まぐれです。

ふたつ前の春から、一緒に暮らすようになりました。シゲルとエミコがどこかで出会って、勝手に恋をし、そして新しい家を借りたのです。サンエルディーケー、というやつ。台所もお風呂も広いし、古いけれど、若いふたりには、申し分のない家です。

フクさんとサチさんは、最初、新しい家と、お互いの存在に大変とまどいました。どちらも完全なる家猫として飼われていたので、自分以外の猫の姿を見たのは、初めてだったのです。もちろん、遠い昔、お乳を飲ませてくれたお母さんはいるのですが、どちらも生まれてほどなく引き離され、今では、舌先に残る甘いミルクの味も、両手で一生懸命揉《も》み解《ほぐ》した乳房の柔らかさも、ちっとも覚えていません。

最初こそけん制し合っていた二匹ですが、フクさんは、ある日触れたサチさんの尻尾ががしがしと硬くて気持ち良いのと、サチさんは、ある日嗅いだフクさんのお尻の匂いが大変具合が良いのとで、一緒にいるようになりました。とはいえ、二匹とも甘やかされ放題で育ったものだし、大変気位が高いので、喧嘩は日常茶飯事です。例えば、こんな風。

「ちょっとサチ、あんたの鳴き声、変だわ。猫らしくないというか、猫らしくないし、大体、猫らしくないわ。」

「あら、何よフク。あんたの鳴き声だって、随分と耳障りなのよ。前から言おうと思ってたけど、これは、前から言おうと思ってたし、前から言おうと思ってたんだから。」

「あたしがお手本を見せてあげるわ。猫の鳴き声というのは、こういうものよ。**のおおおおおおお、のおおおおおおおおおおお。**」

「ちゃんちゃらおかしいわ、それが耳障りだっていうのよ。いい？　私が鳴くから、よおく聞いておくのよ。**だふうううううう、だふうううううう。**」

「のおおおおおおおお、のおおおおおおおお。」

「だふううううううう、だふううううううう。」

二匹はお互い大声で鳴きあい、鳴いているうちに段々と気分が高まってきます。そして終いには、どうして鳴きあっているか、訳がわからなくなり、訳がわからないので、腹が立って、お互いを殴ります。

「いてっっ、このやろうっっ。」

「このやろうっっ。」

または、こんな風。

「あら、サチ。ちょっとあんた。今あたしに水がかかったわよ。」

「何言ってんのよ、かかったのは、水よ。」

フクさんもサチさんも、水道の蛇口からぽたぽた垂れた水を、直接飲むのが好きです。本当はフクさんが始めたことで、サチさんはそれを真似しているだけなのですが、どちらが始めたのか、二匹はちっとも覚えていません。

「嫌になるわ、あんたって本当に水飲むのが下手ね。この際、はっきり言わしてもらうけど、あんたって本当に、水を飲むのが下手よ！」

「何言ってるのよフク。私こそあんたに前から水飲むの下手ねって、言おうと思っていたのよ。前から言おうと思っていたし、これは、前から言おうと思っていたんだから！」

二匹同時にシンクにあがるから、そういうことになるのであって、一匹ずつ登れば、こんなことにはなりません。でも、どちらかが水を飲んでいたら、喉なんてちっとも渇いていないのに、もう片方もつられて、登ってしまうのです。

「もうっ邪魔よっっ、水、水、邪魔よっっ！」

「邪魔っ、水、水よっっ！」

「**のおおおおおおおおおおおお。**」

「**だふううううううううううう。**」

叫んでいたら、どうして怒っていたか分からなくなり、分からないからますます腹が立って、二匹はまた殴りあいます。

「いてっっ、このやろうっっ。」

「このやろうっっ。」

そうしていると、シゲルとエミコが慌てて走ってきて、二匹を引き離します。一体このふたりは、いつもいつも家にいて、フクさんの日本地図を撫でたり、サチさんの尻尾を弄んだり、そんなことばかりしています。フクさんもサチさんも知りませんが、シゲルもエミコも、家で仕事をしています。どちらかがイラストレーターというやつで、どちらかが小説家というやつです。あるいはどちらもイラストレーターかもしれないし、どちらも小説家ではないかもしれない。でも、いつも机に向かって何やらしているので、そういうことにしておきましょう。分かっているのは、ふたりとも、ちっとも売れてはいないし、この家賃を払うのも、フクさんとサチさんにご飯を食べさせるのも、大変な状況だ、ということです。でも、なんてったって、ふたりは愛し合っています。たった一匹の魚の干物をフクさんにさらわれても、温めておいたミルクをサチさんに倒されても、ふたりは笑って、お漬物だけでご飯を食べ、ミルクを我慢して、寄り添って眠るのです。

ふたりが、ふうふうと寝息を立てているのを聞き、フクさんとサチさんは、なんとなくいい気分になります。まったく人間というのは、寝ているときが一番いいわね、うるさくないし、油断しているし。二匹はいつも、そう思っています。二匹はふたりの足元に体を丸め、身を寄せ合って眠ります。そしてお互いの体に残っている、水道の雫を、舐めてあげます（その頃には二匹は、お互いの体にどうして雫があるのかなんて、忘れてしまっているのですけど）。

そして夜は深く、長く、ゆるりと、二匹の猫を眠りに誘うのです。

そんな毎日。

さて、今日もフクさんとサチさんは、我が物顔で家中を練り歩いています。とっとっとっ、とことことことこ。フクさんは時計回りに、サチさんは、反時計回りに。道の途中で出会うと、「どきなさいよ」「あんたが」「あんたが」「あんた」「あんた誰？」そんな風に、二言三言会話を交わし、また歩き出します。

「エミコ!!」

珍しく外に出ていたシゲルが、やかましく帰ってきました。フクさんが近づくと、日本地図をごしごしと撫で、抱き上げて、頬擦りなんてするのです。

「いてっっヒゲがいてぇっっばかやろうっっ。」

フクさんが暴れると、シゲルはあっさり体を離し、エミコに何やら言っています。「僕の」「映画に」「すごいじゃない」「良かった」「苦労が」「マリワナ」など、随分と騒がしいので、恐らく、何かいいことがあったのだろうと分かります。現に、シゲルとエミコは抱き合って、くるくるダンスを踊りだしました。

「フク、サチ、お祝いよ！」

エミコがそんな風に言いますが、二匹は「お祝い」というものが何なのか、分かりません。

「フク、オイワイって何か、知ってる？」

「やあだサチ、そんなものも、知らないっていうの？」

「何よ、あんたは、知ってるっていうの？」

もちろん、フクさんも知りません。でもほら、彼女は大変、気位が高い猫なのです。

「あー、あれよ、あれ、すごく、すごーく、裏のやつ。」

そう言うと、おでこのぶちをかりかりと掻《か》きました。こうなると、サチさんも負けていません。ほら彼女だって、大変、気位が高いのです。

「あー、あーあれね。はっきり言って、早いやつ。」

「うしろから、長いやつ。」

「まんなかに、匂うやつ。」

「**のおおおおおおおおおおおおお。**」

「**だふうううううううううううう。**」

分からないけれど、シゲルとエミコが随分と嬉しそうだから、二匹も嬉しくなって、くるくる回りました。

こういうことだったのです。シゲルはやはり、物書きだったようで、彼の書いた脚本が、映画化されることになったそうです。長年頑張ってきた苦労が、報われたというわけです。

その日は、ご馳走でした。カレイの煮付けに、ホタテのサラダに、ほうれん草のおひたしに、塩豚に、カブのお味噌汁に、お赤飯。フクとサチには、缶詰のごはんと、煮干。

シゲルとエミコは、交互にサチさんとフクさんを抱き上げ、後ろ脚で蹴られては、大声を上げて笑っています。お酒が飲めないふたりなのに、まるで酔っ払っているみたいです。そして、カレイの白い身を口に含んで、二匹に食べさせてくれました。初めて口にしたカレイの身の、柔らかなこと!!　二匹は殴りあいながらそれを平らげ、「もっとくれ」音頭を踊りました。サチさんがお腹を見せてごろごろ転がり、その上をフクさんがぴょん、ぴょん、と跳びます。そしてしばらくすると、交代します。シゲルとエミコは、それを見て、ますます笑います。

「ねえサチ。人間の笑い顔って、本当に気持ちが悪いわね。」

「本当ね、歯をずらりと見せて、みっともない。」

「でも、そんなに悪くないわね。」

「そうね。」

二匹はいつまでも、「もっとくれ」音頭を踊ります。そうしているうち、何を「もっとくれ」なのか、分からなくなります。そしていつの間にか、フクさんとサチさんは、疲れて眠ってしまいました。

その間に、シゲルとエミコは、こっそりと、くちづけをします。

ふたりの、未来のために。

シゲルは、その日から、一生懸命頑張りました。普段、滅多に外出なんてしないのに、少しずつ家を空けるようになりました。そして夜遅く帰って来ては、お風呂にも入らずに、また机に向かうのです。エミコも、シゲルが頑張っていることで、自分も頑張ろうと、刺激を受けたようです。彼女も以前より、机に向かうことが多くなりました。

シゲルとエミコの机は、六畳の部屋に、背中を向けて置いてあります。フクさんとサチさんは、ふたりの背中を見ながら寝転がり、大きくて長い魚のことや、たくさんのむちむちした虫のことを考えるのが好きでした。そして飽きると、ひょいと机の上に乗り、シゲルが書いている小さな文字を追い回したり、エミコが描いた絵をはたいたりして、遊ぶのです。

いつものように、サチさんがひょい、とシゲルの机に乗り、

「ひゃはは、なんだこれ、下手な字だなぁ。字って何?」

そんな風に遊んでいると、シゲルが「だめ」とか「じゃま」とか、サチさんの大嫌いな言葉を言い出しました。もちろん、サチさんはお構いなし。

「あはは~、変な字~。字って何?」

ごろりと原稿の上に寝転がりました。すると、シゲルが急にサチさんの首根っこを掴み、部屋の外へぽい、と放り投げました。そしてそのまま、バタン！　扉を閉めてしまったのです。

サチさんは、呆気に取られてしまいました。扉を、ためしにカリカリとやっても、うんともすんともいいません。中には、フクさんが残されているはずです。耳を澄ますと、どうやらエミコの机に乗って、わははは、わははは、と、笑っています。サチさんは悔しくて、何度も扉を引っかきました。でも、しばらくそうやっていると、自分がどうして扉を引っかいているのか忘れてしまい、サチさんはぺたりと横になりました。そしてお腹を舐めると、それに夢中になりました。ぞる、ぞる、ぞる、と、刺激的な舌の感触を楽しみながら、舐め続けていると、扉が開きました。そして、ぽい、とフクさんが放り投げられて来ました。そしてまた、パタンと扉が閉められたのです。

サチさんは思い出しました。そうだ、私は、追い出されたんだわ。

「きーっ！　入れろー、入れろーっ！」

再び扉を引っかいていると、放り出されたばかりのフクさんも、ぷりぷり怒って、加勢してくれます。

「入れろー、入れろー、入れろー。」

「入れろー、入れー、いー、いー、いかー。」

「いかー。」

「だふうううううううう。」

「のおおおおおおおおおお。」

鳴いていると、お互いどうして扉を引っかいているのか、また忘れてしまいました。だから今度は、二匹でぺたりと横になり、お腹を舐めました。そして、自分で舐めることが出来ない顎の下や耳の後ろなどを、舐め合いっこしました。そうしていると、何か思い出すことがあります。何だろうと必死で考えていると、そうだ、水でした。いつも夜、お互いの体に残った水を舐め合っていることを、思い出したのです。

「水だ水。」

二匹は並んで、シンクまで駆け出しました。

古い家なので、いくら強く締めても、水道から雫《しずく》がぽたぽたと垂れます。フクさんもサチさんも、水を飲むのはもちろん、水道から雫が垂れる、その様子を見るのが好きでした。ぷくう、と風船のようにふくらみ、しばらくそこに留まる。ふるふる震えて、もうその体を支えきれなくなったとき、雫はぽたりと落ちます。まるで、流れ星みたいに。それを惜しんでいる間に、また新しい雫がぷくう、とふくらみ、同じ運命を辿る。フクさんもサチさんも、それを一時間ばかりも見ていたことがあります。見ているうち、段々変な気持ちになってきて、やっぱり、殴り合ったものです。

今日は、そんなことはありません。まずはフクさんが、そしてサチさんが、蛇口に舌を這わせて、水を飲みます。実はサチさんは舌を這わせているだけで、水を飲めているのかどうか、自分では分かっていません。でも、フクさんがそうするので、サチさんもそうするのです。さて今日も、始まりました。

「ちょっとサチ！　あんた、今私に水かけたでしょ？」

「何言ってるの、これは、水よ。」

「むし？」

「さんま？」

そうしていると、いつの間にかエミコとシゲルがやって来ました。そして、恥ずかしそうにフクさんとサチさんを抱き上げ、

「放り投げてごめんね。」

「ごめんね。」

と言いました。二匹は、何のことやら、さっぱり分かりません。でもこう謝られると、ふたりがこんなに謝っているのだから、許してやってもいい、という気持ちになりました。

だからお互いの腕の中で、「むふうん」「ぐふうん」と、体をくねらせました。

「ごめんね。」

シゲルが、もう一度そう言いました。


そんな、ある日のこと。

「シゲル!」

今度は、エミコがやかましく帰って来ました。サチさんとフクさんを同時に抱き上げて、くるくる回り始めます。二匹は、なんとなく思い出しました。これは、「オイワイ」の前兆である、と。案の定、エミコとシゲルは、「私の」「広告」「やったな」「お互い」「マリワナ」などと言ったあと、やっぱり、

「お祝い!」

と、言い出したのです。二匹は、もう、分かっています。「オイワイ」とは、カレイのことです。二匹は、カレイの柔らかな身が、喉を滑り降りていく様子を思い浮かべて、うっとりとしました。しかし、今晩のご馳走に、カレイはありませんでした。ローストビーフ、サーモンのマリネ、アボカドのサラダ、チリビーンズに、ふかふかの白いパン。なんて豪勢なのでしょう。そうです。ここ最近、シゲルの収入が良くなったので、食卓は少し

ずつ、豪勢になっていたのでした。

二匹には、「極」とか、「匠」とかいう名前の、高級猫缶がプレゼントされました。そして、マリネされていないサーモンを、少しばかり分けてもらいました。カレイとは味が違うような気がするけれど、これはこれで悪くないと、二匹はいつものように殴り合いながら、それを平らげました。そしてお決まりの、「もっとくれ」音頭を踊り始めました。しかし、今回の「もっとくれ」音頭は、長くは続きませんでした。フクさんが、腹痛を訴えたのです。

「サチ、ダメだわ。なんだかお腹の中が、ぐるぐる回っているの。」

「あら、フク。私もよ。」

二匹は、ひいひい言いながら、猫砂に駆け寄りました。サーモンが冷たすぎ、お腹を冷やしたのでしょう。猫砂の中でも、二匹はじっとしていません。

「もうちょっとあっち行きなさいよっ。」

「あんたこそっ！」

「あっちっ！」

「あじ？」

「さんま？」

お腹をすっきりさせて部屋に戻ると、シゲルとエミコは、くちづけをすることなく、そのまま眠ってしまっていました。テーブルには、食べかけの料理が、そのまま放っておかれています。二匹はここぞとばかり、それぞれの皿に舌をつけ、その度にお腹をこわして、猫砂に駆け寄るのでした。

さあ、エミコも忙しくなりました。

エミコのイラストが、あるファッションビルの冬のバーゲンの広告に、使われることになったのです。少しばかり忙しくなっていたシゲルも、エミコの吉報を大変喜び、ふたりは、前よりももっと、お仕事に精を出すようになりました。

猫にとって、仕事ばかりしている人間ほど、つまらないものはありません。大体猫って、寝ている人間が、一番好きなのですから。フクさんとサチさんは、いそいそと駆け回るふたりを見て、噂をし合いました。

「ねえ、サチ。見てよ、あのふたり。忙しいフリしちゃってさ。」

「いやあね。小走りして、働いているような気持ちになってるだけよ。」

「大体人間ってのは、肉球がないもんだから、足音がうるさくて、いけないわね。」

「二本足で歩くなんて、本当に、みっともないし。」

「そういえばサチの肉球、桃色と茶色のまだらで、おかしいわよね。」

「あら、何言ってるのよ。あんたのおでこのブチなんて、泥をかぶったみたいで、変だわ。」

「何言ってるの。あんたのまだらなんて、本当にまだらなんだから。はっきり言わしてもらうと、すごく、まだらよ。」

「あんたのおでこの泥だって、前から言おうと思ってたんだけど、前から言おうと思っていたし、これは、前から言おうと思ってたんだから!」

「のおおおおおおおおおお。」

「だふううううううううう。」

また、いつもの殴り合いが始まります。もう、どちらがまだらで、どちらが泥かなんて、分かりません。上になり下になり、柔らかい肉球で、相手の顔をぺしりぺしりと、力任せに。いつもなら、退屈したシゲルとエミコが止めに来るのですが、今日はいつまでたっても、止めには来ません。二匹は、ごろごろと廊下を転がり、トイレの前を通り、そのまま玄関の扉にぶつかりました。大騒ぎです。でも、ぶつかると、ふと我に返ります。二匹はまた、お腹を舐め始めました。ぞる、ぞる、ぞる、ぞる。まったく自分たちの舌は、ぎざぎざして、なんて気持ちがいいのだろう。二匹はお互いの顎の下、耳の裏を、舐めてやります。今日の喧嘩は、これでおしまい。

終わった頃にやっと、シゲルとエミコが顔を覗かせました。そして、少し疲れた表情で、

「どうか、そうやって、仲良くしててちょうだい。」

と言いました。二匹は、なんのことだか、ちっとも分からず、いつまでもいつまでも、
お互いの体を舐めています。


シゲルもエミコも、元来綺麗好きなようです。家の中は、いつもきちんとしています。エミコが廊下を磨いていると、シゲルがお風呂を洗っていたし、エミコが食器を洗っていると、シゲルが本棚にハタキをかけているような、そんなふたりでした。古いお家だから、せめてお掃除はきちんとしようねと、一緒に暮らし始めるときに、ふたりで約束したのです。

でも、最近はそんな時間を取るのが、難しくなりました。

ピカピカと光っていた廊下は薄暗く濁り、台所の隅にはうっすら、埃《ほこり》がたまるようになりました。どちらか気付いた方が、仕事の合間を縫って掃除をする、というルールに変更になりましたが、少しずつ、そのルールも、破られるようになりました。ふたりは、毎日、くたくたでした。台所の埃が厚くなっていっても、食べ残しの食器が机の上に放って

置かれても、見ないフリをするようになったのです。

時々、ふたりが言い争う声が、二匹の耳にも聞こえるようになりました。「あなたが」「君だって」「忙しい」「時間が」そんな風。

人間の言い争う声というのは、本当にみっともないものです。男の方は、低く、抑揚のない調子で、ぶつぶつぶつぶつと念仏を唱え、女は、カラスが死ぬときのような甲高い声を、切れ間なく出し続けます。まったく、耳障りにもほどがあると、二匹は、いつもふたりの間にたって、その耳障りなやり取りを、やめさせます。

「う、る、さ、い、わ、ね！」

「う、る、さ、い、わ、よ！」

頬や顎、膝や足首を、柔らかい肉球でぺたぺたとはたかれると、ふたりは大概、「とろーん」となります。そして、自分たちが言い争っていたことが、恥ずかしくなり、

「ごめんね。」

と、言うのです。ふたりに撫でられ、二匹も「とろーん」となりますが、あんまりだらしのない顔をしていると、からかわれるので、頃合いの良いところで、するりと腕から抜け出します。

「ごめんね。」

シゲルとエミコは、ふたりで仕事をやめ、お掃除を始めます。フクさんとサチさんは満足して、その近くで、ばたんばたん、ごろんごろん、と、転がり遊びをします。まったく、お掃除の、邪魔なのですけど。

幾月たったでしょう。

ふたりは、もっともっと、忙しくなりました。シゲルの脚本の映画は、大成功を収め、シゲルの名前は、うんと有名になりました。そして、エミコの手がけた広告も、素晴らしく素敵なものだったので、エミコの名前も、うんと有名になりました。そしてふたりの下には、前よりも、もっともっとたくさんのお仕事が、舞い込むようになりました。でも、ふたりはもう、そのたびに「オイワイ」をしなくなりました。「オイワイ」をしなくたって、美味しいお食事はよそで食べられるし、何より、台所に立ってお料理をする時間が、なくなってしまったのです。

ふたりと、二匹のお家は、段々、段々、汚れていきました。

シゲルもエミコも、いつだって、くたくたでした。ふたりだってもちろん、長い間干していないお布団で眠るのは嫌だし、曇った鏡で身づくろいをするのは、嫌です。でも、いつだってどちらかが、または、どちらも疲れていて、お掃除をするゆとりなど、なくなってしまったのです。

ある日、廊下に傷を見つけたエミコと、座布団の上におしっこの染みを見つけたシゲルが、二匹を捕まえて、ひどく怒りました。

「どっちがやったの？」「どうして？」「駄目でしょう」「二度と」「ぶつ」などなど。

二匹は、ふたりのそんな言葉なんて、聞いちゃいません。ただ、怒って赤くなったふたりの顔を、ひっかいてやりたいと思ったり、むき出した歯を、みっともないなぁと思ったりしているだけでした。

廊下で爪を研いだのはフクさんで、座布団におしっこをしてしまったのは、サチさんでした。どうか、誤解しないでください。二匹だって、大変な綺麗好きです。いつだって自分たちの体を舐め、手を洗い、ぴかぴかの廊下を、音もなく歩くのが好きなのです。廊下に傷があるのは嫌だし、座布団におしっこをするなんて、プライドが許しません。

でも、こんなにも廊下がくすんでいると、なんだかがりがり引っかいて、乱暴をしたくなるし、猫砂にたくさんのうんちが放ってあると、他のふわふわした場所で、おしっこをしたくなるのです。

怒られて、しょんぼりすることはないけれど、二匹は、面白くありません。

「**のお……。**」

「だふ……。」

何より、二匹が一番困ったのは、シンクに登れないことです。何日も前に食べた食器やお鍋が、そのまま放ったらかしにされ、二匹が登れる場所が、なくなってしまっているのです。これでは、大好きな雫を見つめることも、舐めることも出来ません。

床に置かれた入れ物から、温い水を飲んで、二匹は、ため息をつきます。

「分かってるわ、これだって水よ。でも私は、あすこから出てくる、小さな粒みたいな、水が好きなのよ。」

「あたしもよ。あれこそが、水よ。」

何度も言うけれど、実はサチさんは、どうして蛇口から飲むのがいいのか、その良さなんて、分かっていません。でも、フクさんがそう言うものだから、自分も、前々からそうやって飲むのが好きだったわと、思い込んでいました。

「冷たくて、キラキラしてて。」

「むすむすして、てろてろして。」

「あら、むすむす、て何よ?」

「てろてろって、何よ?」

「あんたが言ったのよ。」

「何よ。」

「何よ。」

「なに。」

「のおおおおおおおおおおお。」

「だふうううううううううう。」

ぺちり、ぺちりと、お互いを殴り合っていると、体の芯から、熱い血が滾《たぎ》るような気がします。そしてお腹を見せ、尻餅をつき、ごろごろと廊下を転がると、なんだか随分と興奮して、何が何やら、訳が分からなくなるのです。

でも、ふと気付くと、いつの間にか自分たちの体には、ホコリや、抜け落ちた毛が、たくさんくっついています。汚い廊下は、これだからいけません。お洒落な二匹は、慌てて、毛づくろいを始めます。ぞる、ぞる、ぞる、ぞる、ぞる。そしてまた、喧嘩していたことなど忘れて、お互い舐めることが出来ない顎の下と、耳の裏を、舐め合いっこします。

もう、シゲルもエミコも、喧嘩を止めに来ることはありません。いつからか、書斎の扉を閉め切ってしまって、こちらがいくら扉を引っかこうが、ごろごろと転がってみせようが、それを開けてくれることは、なくなってしまったのです。

ただ、あんまり喧嘩が長引くと、どちらかが、少しだけ扉を開け、大きな声で「うるさい！」と言います。二匹はびっくりして離れるのですが、何がうるさいのか、ちっとも分かりません。うるさいと言えば、ここのとこよく聞こえてくる、ふたりの言い争う声の方が、よほどうるさいし、耳障りです。でもそれも、書斎の扉を閉めているので、前のように、間に入って「うるさい」パンチをお見舞いすることも、出来ないのです。

ふたりが一緒に眠ることも、なくなりました。例えば、シゲルが帰って来ない夜、エミコは朝まで書斎に閉じこもって、カリカリと気になる音を立てたり、発情期の猫のような声を上げています。そしてエミコが帰って来ない夜は、シゲルがごくごくと飲めないお酒を飲み、変な匂いをさせて、居間のソファで眠ってしまうのです。

まだまだ寒い季節。ふたりの足元に丸まって、ぴたりとくっついて眠ること、時折ふたりがささやいている声、あれだけは悪くないと思うことや、眠っているふたりの寝息を聞くことが、二匹はとても好きだったのに。

お布団は、いつもいつも冷たいままでした。

少しだけ暖かくなった、ある日のこと。

シゲルとエミコは、珍しくふたりで出かけて行きました。

フクさんとサチさんが寝ている間に、お掃除をしていたのでしょうか。お家の中は、昔のように、とても綺麗でした。廊下はぴかぴかに磨かれていたし、猫砂だって、新品です。何より二匹が喜んだのは、シンクが綺麗に片付けられていたことでした。

「水だ水。」

二匹はぽーんと、シンクに飛び乗りました。そこには小さくて、きらきらと光って、夢のように冷たい、あの雫が、ぽた、ぽたと、垂れていました。あなたたちを待っていたのよ、そんな風に、ふるふると体を震わせては、お行儀よく、シンクに落下していました。二匹はしばらく、うっとりとそれを見つめて、それから、かわるがわる、蛇口に舌を這わせました。ああ、この、蛇口のひんやりとした冷たさ、口の中に滑り落ちる雫の、儚《はかな》さ。

「サチ、これが水よ!」

「水よ!」

「キス?」

「さんま?」

そうそう、言い忘れていましたが、二匹は、「雫」という言葉を知りません。でも、いいのです。今はこの舌先をくすぐる、甘い冷たさだけを感じていれば、それで十分なのですから。あんまり嬉しくて、二匹は随分、お互いの体を濡らしてしまいました。

そんなことをしているうち、シゲルとエミコが帰ってきました。手には、たくさんの買い物袋を提げています。こんな光景は、前は毎日、見れたものです。なんだか懐かしくて、二匹はふたりの周りをぐるぐると回りました。

その日は、またご馳走でした。

「オイワイ」だわ！

二匹は思いました。あの、カレイの白い身を、サーモンの冷たい舌触りを味わうことが出来るのかと思うと、二匹は大興奮して、すっかり綺麗になった床の上を、ごろごろと転がりました。

スペアリブのオーブン焼きに、ぶり大根、アボカドのお寿司に、大根と山芋のサラダ、はまぐりのお吸い物に、ハーブのオムレツ。

ふたりは、たくさんたくさん食べました。フクさんとサチさんも、ぶりをいただいて、それから、高級な缶詰と、煮干もいただきました。もう、大満足です。

「ねえサチ、オイワイって、いいものね。」

「そうね。」

お腹一杯になって、ごろりと横になったって、そこはぴかぴかに磨かれています。喉が渇いたら、あの、可愛くて冷たい水を飲めます。二匹は、大満足で、次の「オイワイ」はいつだろうか、なんて、考えていました。

すると、エミコが、二匹を抱き寄せました。そして、言いました。

「あのね、今日のお食事は、お別れのお食事なのよ。」

オワカレ？

二匹は、全く、困ってしまいました。

「ねえフク、オワカレって、何？」

「あーらサチ、そんなことも知らないの？」

もちろん、フクさんは、オワカレの意味なんて、知りません。

「ばかっ知ってるわよっ！」

もちろん、サチさんも。

「あー、あれよ、はっきり言って、濡れるやつ。」

「あー、あー、あれね。急に、硬いやつ。」

「向こうから、黒いやつ。」

「さっきから、埋めるやつ。」

「のおおおおおおおおおおおお。」

「だふうううううううううう。」

よく分からないものだから、二匹は大きな声で鳴きました。そんな二匹を、エミコとシゲルは、なんだか情けない顔で、見ているのでした。

綺麗好きだと言ったけれど、どんどん家が、片付いていくものだから、二匹は少しだけ、戸惑いました。でも、部屋に増えていく段ボールが楽しくて、かくれんぼをしたり、匂いを嗅いで目を回してみたり、滑り落ちて気絶したりして、遊びました。そうしていると、とても幸せでした。

エミコとシゲルは、みっともない言い争いをしなくなったし、書斎の扉も開け放してあり、あの、まったくもってつまらない「仕事」というやつを、していないようでした。

その日は、朝から雨でした。なんだか見たことあるような、変な男たちが、家中をうろうろしています。そして、二匹が好きな段ボールを、どんどんどこかに運び出していきました。ははーん、人間も、段ボールが好きなのね。二匹はそう思います。でも、ああやって運ぶより、もっと楽しい遊び方があるのに、本当に、ばかね。

人間共が、なんだかがさがさしてうるさいものだから、二匹はしばらく居間の窓際で、座っていました。そして、窓から、雨粒が落ちていく様子を、いつまでも飽きずに見ていました。これ、何かに似てるなぁ、一時間ばかり考えて、二匹は思い出しました。

「水だ水。」

ぽーん、二匹同時に飛び降り、その際にサチさんがフクさんの足を踏んづけたものだから、キーッ、二匹は、また殴り合いを始めました。

「**のおおおおおおお。**」

「**だふううううううう。**」

そのとき。

ひょい。二匹は、同時に持ち上げられました。フクさんは、シゲルに。サチさんは、エミコに。

そして、シゲルが言いました。

「ほら、お別れだよ。」

オワカレ？　それを考える間もなく、二匹はケージに入れられ、そのまま、それぞれの新しい家に、連れられて行きました。

本当に、あっという間の出来事でした。

新しい家に、そして、お互いの不在に、二匹はそれぞれ戸惑いました。

でも、それにも、すぐに、慣れました。それどころか、フクさんはシゲルとふたりでいることが、「前々からこうだったわ」と思ったし、サチさんはエミコとふたりでいることが、「相変わらずの毎日だわ」とまで、思うようになりました。

でも、時々、胸の奥の奥の奥、心臓よりももっと奥の方で、何かチクリと、トゲが刺さったような、なんだか妙な気分になることがありました。もしかして、私は、こうやってひとりで眠っては、いなかったのではないかしら？　私の隣には、私みたいに、毛がふわふわして、温かい何かが、いたのではないかしら？　そんな風に、思うことがありました。

フクさんはシゲルに、サチさんはエミコに、そのことを聞いてみます。

「ねぇえ、私のほかに、なんだかマダラの何かが、いなかった？」

「ねえねえ、あたしの側に、泥をかぶった何かが、いなかった？」

でも、シゲルもエミコも、とても寂しそうに、それぞれの体を撫でるのです。そして、こう言います。

「お別れしたの、寂しい？」

オワカレ？

二匹は思います。「オワカレ」って、なんだか、聞いたことあるわ。何だったかしら？　カレイの白い身？　段ボールの匂い？　開かない扉？

一生懸命考えていると、シゲルはフクさんを、エミコはサチさんを、抱き上げます。そして、ぎゅうっと、力をこめます。二匹は、逃れようともがきますが、そのとき、シゲルとエミコは、涙を、一粒、落とします。

ぽろり。

それが体に当たる冷たさで、二匹は、思い出します。

ああ確かに、私のそばには、柔らかい毛をもった、何かがいたわ。


私の大好きな、あの子がいたわ。

蛇口から、そろりそろりと漏れ出てくる、小さくて可愛らしい水を、あの子と一緒に、眺めていたっけ。そして、あの子の毛についた、冷たいそれを、私はいつまでも、舐めてあげたっけ。


シゲルと、エミコは、ぽた、ぽた、と、涙の雫を、二匹の体の上に、落とし続けます。

二匹は、思います。

「オワカレ」って、この、小さくて、冷たい、水のことなのね。私たちが飲んでいた、あの水、まるっきり流れ星みたいな、あのかわいらしい水は、「オワカレ」と、いうんだわ。

ああ、あの子に、教えてやりたい。

でも、二匹が出会うことは、もう、無いのです。

夜は、長く、ゆるりと、ふけていきます。

シャワーキャップ

桃色、小花柄のシャワーキャップが、台所で揺れている。

昔スヌープドギードッグが、ちょうど似たようなシャワーキャップをかぶってインタビューに答えていた。男前のラッパーはどんなことをやっても格好がいいと思っていたが、さすがに、あれは滑稽だった。

我が家のドギーは、ブルー・コメッツの「ブルー・シャトウ」を歌っている。「ブルーブルーブルーブルーブルーブルーブルウ……」という、最後の盛り上がりの後、相当タメてから、満を持して「しゃぁあ、とぅう〜」と唸《うな》る。聞きたいわけではないのに、そのタメが気になって、ガムテープを伸ばしたまま、しばらく止まってしまう。

明後日、引越す。

十八歳のときに東京に出てきて十二年、これで三度目だ。

最初は大学に近い、南落合のマンションだった。初めての一人暮らし、しかも東京だというので両親が心配した結果、オートロック、新築。卒業してから一年、そのマンションに住んでいたが、渋谷で仕事をするようになってから不便になったのと、一つ口の電磁調理器、狭いユニットバスに嫌気がさしたので、引越した。代沢の1Kのマンション。引越し資金は、最初自分で出すつもりだったが、やはり貯めきれず、両親にほとんど世話してもらった。

そこには、四年住んだ。一階が焼肉屋で、たまに小さなゴキブリが上がって来ることが嫌だったが、それ以外は台所が広く、日当たりも良かったので、気に入っていた。でも、ある日越してきた隣の男が、毎晩デスメタルをかけるのが気に入らず、二度目の更新のときに引越すことにした。今の家だ。下北沢、茶沢通り沿いの、1Kのコーポ。北東角部屋、ベランダが広い。今度こそ自分で、そう思ったが、やはり貯金が間に合わず、今度は半分出してもらった。

ここには、三年住んだ。このまま来年また更新してもいいなと思っていたが、恋人が出来た。そしてその恋人と、新しい家を借りることになったのだった。

恋人と一緒に暮らすことは、父には言わなかった。同棲に関して色々と偏見を持っていそうだし、そもそも、父にバレることはない、と思ったのだ。父は生まれも育ちもずっと和歌山、都市ガスの会社に勤めている。彼が上京して家に遊びに来る、などということは皆無だった。二年前弟が結婚して近所に住み、去年は孫も出来た。盆、正月にはきちんと帰っているし、わざわざ東京にいる私の顔を見に来ようとも思わないだろう。

でも、母には報告した。何かあればすぐに東京に来たがるし、母の性格上、言いやすかったのだ。案の定母は、恋人の曖昧な情報だけを聞いて、あっさり、

「のんちゃんが、それでええんやったら。」

とだけ言った。そういう母なのだ。

昨日、こちらに来た母と、私と恋人と三人で食事をした。

ふたつ年下の恋人は出版社の営業をしているということもあり、人当たりがよく、母ともよく話をした。母は母でよく喋るし、話を聞いてくれ、よく笑う彼のことを「いい人」であると、判断したようだった。結婚に関することは、一度も言わなかった。ただ、帰り際、切符を買う彼に、

「のんちゃんを、よろしくね。」

と、頭を下げた。彼は聞こえなかったのか、母に切符を渡して、笑っただけだった。

「森とっ、泉にっ、かあこぉ、まれてぇ。」

しゃとぅう、と唸った後、またすぐに初めから歌いだす。さっきから延々これだ。

「静かにっ、ねむうる、ぶるあ。」

（ぶるあ？）貼り付けたガムテープが歪んでしまった。どうせすぐ開けるのだからいいかとは思うが、波打ったガムテープを見ていると、どうしても気になってしまう。

「あー、あぁ、あー。のんちゃん、これ、昔使っとった食器やないの」

小花柄が、大きく動いたのが、少し開いたふすま越しに見える。私が覗くと、ぼってりと厚みのある、茶碗を見せてきた。

「え？　いつ？」

「いつやろ、えーと……。」

その茶碗は、おととしの誕生日に友達にもらった。それから今まで、母がこの家に来たことはなかったはずだ。どうせ適当な記憶をつなぎ合わせているのだろうと、また元の作業に戻り、やはり歪んだガムテープを、綺麗に貼りなおすことにした。ちらりと母を見たら、しばらくじっと考え込んでいたが、あきらめたのか、また「森とっ」と始めている。

気が付けば私は、三十になっていた。

今までにも恋人は何人かいたが、ちゃんと家を借りて同棲するというのは、初めてだった。この年だし、友人は皆「そのまま結婚なんじゃない？」だとか、「結婚してしまったらいいのに」などと言った。でも、彼の口から「結婚」の言葉が出てくることはなかったし、私もその類のことは言わなかった。女の二十八と、男の二十八は違う。彼はやっと仕事が楽しくなってきた、というところのようだし、同僚でも先輩でも、自由な生活をしている人が多いのだろう。私は、渋谷にあるファッションビルでアクセサリーやバッグの販売員をしている。他店舗の中でも、うちは特に落ち着いたものが多いので、私の年で販売をしているのが不自然というわけではないが、ほとんどの人は私より年下だった。気にすることなどないと思うが、いつまでも続けられる仕事ではないことも分かっている。皆に疎まれるようになる前に、さっさとやめてしまいたいが、生活のことを考えると、そうもいかない。

お互いの家に入り浸るのは、家賃が勿体《もったい》ないし。そんな風な理由で、私たちは同棲に踏み切った。付き合って、七ヶ月目のことだった。

「夜霧のっ、うふふにぃ、つぅつぅ、まれてぇ。」

母は、さっきから「夜霧の」何だったか思い出せないらしく、そこは「うふふ」や「あははん」などと歌って誤魔化す。それも、気になって仕方がない。

それに、あのシャワーキャップをかぶっているものだから、なんとなく馬鹿にされているような気になる。母は雨が降ると、くせ毛の髪が広がるからと、今朝からそれをかぶっているのだ。昔からそうだった。お風呂に入るときはもちろん、夏場に料理するときなども、それをかぶった。その姿に私はすっかり慣れていたつもりだったが、今改めてその姿を見ると、圧倒的におかしかった。

「静かにぃ、ねむよしっ。」

(ねむよし?)「本」と書いていたマジックの手が、滑った。

「よしよしよしっ! のんちゃん、台所はほぼ完了やで。」

(早い!)驚いて見ると、どこが完了なのか。棚の中の調味料がそのまま残っている。

「おかあさん、調味料も入れてよ……。」

ゲンナリした私がそう言うと、

「ええー。こんなん捨てていったらええやないの。」

と、返してきた。普通、母親というものは勿体ながって、娘が捨てようとするそれらを、きちんと梱包するものなのではないか。そう思ったが、黙っていた。もう、こういうことには慣れている。

母は、昔から雑だった。雨が降っても洗濯物を入れず、また晴れて乾くのを待っていたし、ほうれん草を茹でただけ、ジャガイモを焼いただけ、などの、そこからまだ何工程かあるだろう、というような「途中」感のある料理を出してきた。おやつを手作りしたことなど皆無だし、幼稚園に持っていくお弁当袋の名前も、他のおかあさんみたいな刺繍ではなく、黒マジックで堂々と「しばたのぞみ」と書いていた。洗濯をする度に、歪んだ字の上に新しい字を書くものだから、私は恥ずかしくて、お弁当の時間は、とても憂鬱だった。弟は、そんな母に似た。母ほどではないが、明るく、社交的で、人に奢《おご》らせるのがうまい。そして部屋が汚くても平気で、量が多ければ食べ物なんてなんでもいい。嫁は、かなり楽だろうと思う。

私は、父に似た。父は大変な几帳面だ。私は、その父に輪をかけた、自分でも悲しくなるほどの几帳面だ。極度の神経質といおうか。とにかく雑誌をビニールひもで縛って捨てるときも、大きさを揃えてびっちり縛らないと気が済まないし、冷蔵庫の中に白い食品トレイが入っているのが嫌で、買ってきたものは大きさの揃ったタッパーに詰め替える。パソコンやオーディオのコードがごちゃごちゃしているのが嫌だし、テレビの裏にホコリが溜まっていることなど、我慢できない。

そんなだから、私と父は、母をよく叱った。炊飯器の横に電話なんて有り得ない、ピアノの上に洗濯物を放っておくな。でも母は、そんなことにはちっとも頓着せず、いつも笑って、大声で何かを歌っているのだ。そして、母に「ええやないのぉ」と言われると、何も言えなくなるのだった。昔からそうだ。長年培った諦めの境地、とでも言おうか。どこまでも自由で、「母親」という威厳からとても遠い所に位置していそうな母にため息をつきながらも、心のどこかでは、結局家族をいつも微笑ませてしまう母のことを、

「のんちゃん、おかあさん、お腹すいたぁ！」

そう、そんな母のことを「うらやましいなぁ」と、思っていた。


食欲もないし、さっぱりと蕎麦でも食べようと思っていたら、母は洋食屋の食品サンプルに釘付けになっている。「食べたいの？」と言うと、こっくりとうなずいた。まるっきり、子供なのだ。

私はなるだけさっぱりしたやつを、と思い、「和風おろしハンバーグ」にしたが、母は嬉しそうに「スペシャルランチ」なるものを注文した。ハンバーグとカニクリームコロッケとエビドリアがセットになっている、女子中学生などが喜びそうな食べ物だ。そして、持ってこられたコンソメスープを見て、サンプルと違う、コーンスープが飲みたいのだ、とひと悶着起こした後、やっと食べ始めた。そのボリューム、見ているこちらが、胸焼けを起こす。

「いやっ、見て、のんちゃん！　これ、グラタンがご飯の上に乗っかってるで！」

「それ、ドリアやろ？」

上に乗ってるやつ。」

「自分が頼んだんやん。グラタンは、マカロニやろ？　ドリアはホワイトソースがご飯の上に乗ってるやつ。」

「どりあ？」

私の説明に飽きたのか、母は、テーブルに置いてあるソースや塩入れに夢中になっていた。「ケイジャンＢＢＱ」と書かれた外国製のビンが置かれている。それと同じものを、私も持っている。少し辛くて、肉料理によく合うのだ。やはり、捨てていきたくない。母を見ると、料理をあらかた残して、メロンソーダを飲んでいた。私は、今日何度目かのため息をついた。

そもそも、母に手伝いに来てもらわなくても、平気だったのだ。引越しをすると決めたら、私は一ヶ月前からこつこつと準備を始める。引越しの日取りは、ゴミ出しの日に決めているし、前日までには、全ての梱包を済ませ、ギリギリまで使う歯ブラシやお風呂セットなどを入れる段ボールも用意していた。もちろん、調味料類も全てきちんと梱包して、クーラーボックスなどに入れて持っていった。「全部捨てていったらいい」などと言う母に、何を手伝ってもらうことがあろうか。

しかし今回は、今までの引越しと違っている。

「おかあさん。」

「ん？」

「あの、どう思った？　彼？」

「カレー？」

「ちゃう。あの、」

「どりあ？」

呑気な母の声に、イライラした。

「あの、猪田君のこと。」

「ああ。ええ子そうやない。そない男前とちゃうけど、愛嬌ある顔してるな。」

「他には？」

私はなるだけ真剣な顔をして、母の答えを待った。こちらが真剣なのだ、あなたも、真剣に答えてくれ、というポーズだ。

「他？　せやなぁ。ネクタイが赤くて太いのん、腹話術の人形みたいで面白かった。」

「……………」

私は諦めて、コーヒーを一口飲んだ。母は、「ミルクも砂糖も入れへんの、よう飲むわぁ」などと言って、彼の話など、もう、する気もなさそうだ。普通、三十の娘が、これから同棲をしようというとき、もっと言うべきことがあるのではないか。例えば「猪田君は結婚を考えているのか」「収入はどれくらいなのか」。

　そして、「女性関係はクリアなのか」。

　二週間前、私は、彼が女の人と親しげに歩いているところを、見てしまった。

　本当に、偶然だった。彼の部屋に行こうと、駅を降りたとき、数メートル先に彼と、その女の人がいた。肩くらいまでの栗色の髪を、ふわふわとさせている女の人だった。私は咄嗟に、自分の髪を撫でた。それは黒くて太くて、まっすぐで、彼女のものとは、全然違っていた。

「猪田君！」そう名前を呼んで、駆け寄ればいいのだ。偶然駅が同じの同僚かもしれないではないか。私は、落ち着かない心臓の辺りを撫で、笑顔を作って、一歩踏み出した。そのとき、その女の人が、ちらりと後ろを見た。アイメイクの濃い、少し派手な顔立ちだった。そして笑いながら、彼の肩に手を置いた。

　私は電車を降りるときから用意している、彼の家の合鍵を握り締めたまま、くるりと引き返し、そのまま帰った。酔っていたわけではないのに、どうやって家まで帰ったのか、ちっとも覚えていなかった。

　帰ってから、私は早々にベッドに入り、想像にふけった。

想像は、得意だ。

小さな頃から、「自分は本当は宇宙人であり、いつか体の中の時限爆弾が爆発し、地球が滅びる」「大地震が起こり、自分だけが生き残った場合」などの、悲観的な想像に長《た》けていた。大人になってさすがに「宇宙人」「世界崩壊」などの想像はしなくなったが、恋人がいるときにする想像は、「将来どういう家に住もう?」だとか、「彼と私の子供の顔」などの、甘くて幸せな想像ではなかった。例えば最近最もよくする想像は、こんな風だ。私が友達と旅行に行く。彼には二泊、と言っておいて、一泊だけしてから、急に帰る。もちろん、電話も、何もしないでだ。玄関を出来るだけ静かに開けると、そこには、女物の靴が揃えてある。私は、抜き足で寝室まで行き、そこで眠っている恋人と、知らない女の、裸の肩を見る。

何のためにそんな想像をするのか。

泣くためだった。

私は出来るだけの臨場感をもって、その場面を想像する。大抵は、湯船に浸かって。水中に潜って大声で泣くこともあるし、はらはらと涙だけこぼして泣くこともある。気分が乗っているときは、玄関の靴を見た時点で泣くことが出来るし、乗らない日は、二人の寝顔を、いつまでも見つめているハメになる。

　小さな頃から、私はよく一人で泣いた。悲しいことがあるのではない。悲しい自分を想像して、泣くのだ。私は弟のように、両親の前で大きな声を出して、泣くことが出来なかった。「泣いているのよ、私を見てよ」そんな風に、両親の気を引くことが出来なかった。無理をしていたわけではない。少しばかり悲しいことや、辛いことがあっても、それを我慢すれば「のんちゃんは、賢いね」という言葉をもらえる。それこそが自分のアイデンティティであると、思っていた。ただ、そんな生活の中で、私の心はやはり、少しばかり張り詰めていたのだと思う。伸ばしきった紐のように、少し力を加えればちぎれてしまうような、そんな張り詰め方ではなかった。私はどちらかというと、ひもが伸びきる前に、まだ、十分にたわむ程度のときに、泣いた。自分の心を、溶かす必要があった。それは幼い私の、生きる知恵であったように思う。

　その癖が、大人になっても続いている。

　今回、想像通りとまではいかないが、もしかしたら本当に泣くべき場面に出会ったのかもしれなかった。次の日会った彼に、「昨日、猪田君ちに行こうと思って……」と言い、彼の反応を窺《うかが》ったが、彼は「ほうん」と、曖昧な返事をしただけだった。「ぎくり」としているようにも見えたし、何も考えていないようにも見えた。結局真相が分からないまま、今に至る。

彼を、問い詰めることも考えた。昨日見たのよ。あれは誰？　でも、どうしても出来なかった。二週間先には、新しい家への引越しが決まっている。もし、もしも彼に他に好きな女がいると知って、そこから、どうするつもりなのか。新しい家を解約する？　同僚にはなんて言う？　住む場所は？　そんな諸々のことを考えると、怖くて、どうしても聞けなかった。

何か、後押しが必要だった。今のこの状況をなんとか打破するには、誰かの一言が必要だった。「浮気に決まってる」「彼のこと信じれば」「別れなさいよ」。でも、そんな言葉をくれそうな友達にも、どうしても話すことが出来なかった。どんな言葉をもらっても、結局誰にでも言われそうなことは「彼に聞きなさい」だろう。分かっている。そして私は結局、それが出来ないまま、暗澹《あんたん》たる気持ちで、荷造りをするハメになるのだ。引越してから、荷物の整理が落ち着いてから、きっと聞こう。そう思っているけど、それも、うやむやにしてしまう予感がする。

そこで浮かんだのが、母だった。

あんな人だって、私の母なのだ。さすがに、私を幸せにしてくれる男かどうかを、きちんと見極めてくれるのではないか。私が聞けないこと、「女性関係はどうなのか」というようなことを、堂々と聞いてくれるのではないか、と思った。そしてそれがきっかけで、私はやっと、彼と向かい合うことが出来るのではないか。

でも、そんなことは間違いだった。

彼のことを「腹話術の人形みたいで面白い」としか思わなかったようだし、彼が私のことを幸せにしてくれるかどうかなど、母には何の興味もないことだったのだ。

そしてそのことで、母には何の非もない。三十にもなって、自分の男のことを母親に「どう?」なんて聞く方が、おかしいのだ。私が母なら、言うだろう。

「あなたが決めた男の人でしょう。あなたが責任を持ちなさい。」

「のんちゃん……。」

トイレに行っていた母が、もじもじと恥ずかしそうな顔で戻ってきた。また、何かやったな、と思っていたら、「トイレが流れない」と、耳打ちされた。

「えっ?!」

「大丈夫、蓋はちゃんと閉めてるから……。」

私は母をそこに残し、他の人が入る前に、トイレに慌てて入った。便器の横にある、赤いセンサーに手を近づけると、ごごごごと音を立てて、簡単に流れた。「ご使用後は、ここに手をかざしてください」と、丁寧な絵つきの説明まで貼ってある。少し注意すれば分かることなのに、あの人はどうしてこう、すぐ人に頼るのだろうかと、腹が立ってきた。頼りたいのは、私なのに。

手を洗って、鏡を見てみた。硬くて黒い髪が、肩から垂れていた。ふわふわの髪にしようか、あの女の人のように。そう思ったが、決してそうしないことも、私は分かっている。

席に戻ると、母は不安そうな顔で、私を見ていた。本当に、あどけない表情をする人だ。昔から子供のようなところはあったが、最近特に、そう思う。母に教わってきたことを、今度は私が母に教える立場になった。電車の乗り換えの仕方、スタバでのコーヒーの頼み方、そして、トイレの流し方まで。

「のんちゃん、流れた？」

不安そうにそう聞かれると、怒ってやろうと思っていた気持ちが、どこかにいってしまった。

「大丈夫やで。ちゃんと流れたから。」

母は、嬉しそうに「よかったー」と、笑った。

母は若い。四十九だ。地域の地主のお嬢さんだったらしい。父は、真面目な人ではあったが、私が母のお腹に出来たときはまだ、学生だった。父の両親は、父が中学のときと、成人したときに亡くなったので、父を叱る人はいなかったが、母の両親の方は、当然大反対をした。

しかし結局、私が生まれる三ヶ月ほど前、両親は結婚した。若い二人のため、祖父母は仕送りをし、父は父で、祖父が決めた会社に就職した。私が小学校に上がる頃まで、仕送りは続いたと言っていた。

若くして子供を産んだとはいえ、両親からの仕送りで暮らし、姑、舅との問題もなく、母の気持ちはいつまでも、お嬢さんのままだったのだろう。一度も世間に出ることなく、自分でお金を稼ぐことなく、この年まで生きてきたのだ。

帰りに寄ったコンビニで、母は嬉しそうにデザートを選んでいた。そして、プリンとコーヒーゼリーを手に取り、私に、

「のんちゃん、どっちも食べてええ？」

と、聞いてくる。彼女はずっとこうだったのだろうし、これからも、ずっとこうなのだろう。私は「いいよ」と答え、レジで順番を待った。

家に着くと、母は早速プリンを食べ始めた。「甘い」「おいしい」と、いちいち感想を言う。昨日もそうだった。料理が出てくる度に「やっほー」「わーお」と感嘆の声をあげ、一口食べる毎に「これ、おいしい！　食べてみて食べてみて」と、私と彼をあおった。彼

はそんな母が面白かったらしく、母がトイレに行く度に、「面白いねぇ」そして、「可愛い人だねぇ」と言った。私も、そう思う。本当に素直で、可愛い人だ。

携帯が鳴り、彼は「ちょっと」と言い残して、席を立った。私はビールを飲みながら、彼の方へ流れていく意識を食い止めるのに、必死だった。

「髪型、変えようかな。」

心で思っていたはずなのに、それは言葉に出てしまった。

「ええやない！ どんなんにすんの？」

母の唇は、油でてらてらと光っていた。私は、返事をしなかった。


「あ！ のんちゃん。スプーン捨ててもた。」

コーヒーゼリーを開けてから、母がそう言った。きっとそうするだろうと思った。

「二本入れてもらったで。」

私が言うと、「さすが」と言って、袋の中をガサガサと探している。私はその間に、さっさとシャワーを浴びることにした。

あまり勢いよくお湯を出しすぎると、シャワーヘッドが後ろに反り返ってしまう。反り返らず、かといってきちんと水量がある、ギリギリのところまでお湯を出すそのコツも、この三年の間に完璧に習得した。でもそんなコツも、明後日から、使うことはない。体の上を滑って行く水しぶきを見て、ぼんやりと切ない気持ちになった。

この切なさの正体を、考えた。置いていくこの部屋への、センチメンタルな気持ち。東京に来てもう十数年経っている自分の、変わらない生活。そしてきっと、新しい環境へ飛び込んでいく怯えと、彼への不信感だ。雑誌をビニールひもで縛るように、ひとつひとつ丁寧に、捨ててしまえればいいのに、地面に置いた途端、綺麗さっぱり忘れてしまえるようなものならいいのに、それらは私の胸に巣くって、どれだけ強くシャワーを吹き付けても、決して消えない。縛られているのは、私なのだ。自分の作った頑丈なひもで、逃れる隙間もないほどに、びっちりと、縛られている。

体を洗うためにお湯を止めると、母の笑い声が聞こえた。耳を澄ますと、どうやら父と話しているようだった。仲のいい夫婦だ。私が覚えている限り、ふたりが喧嘩をしているところを、見たことがない。

切なさの原因は、もうひとつある。

女としての母を、心《しん》からうらやむ気持ちだ。

昔から母は、抱いてくれとせびる対象でも、我儘をぶつけて困らせる対象でもなかった。だからといって、そこにいないものとして見なすには、母はあまりにも輝いていたし、放っておけないほどに無邪気で、奔放だった。父しか男を知らないこともあるだろうが、その少女性に、私はいつも、眩しさを覚えていた。

母のようになりたい、と思ったことは無い。はずだ。そして、誰かに甘えたいと思ったことも、無いはずだった。ただ、彼女のように、考える前に口をついて出る、というような、体の真実が欲しかった。「あなたは私のものよ」「それだって私のものにしたいわ」という、女の持つ透明なエゴを、身につけたかった。それを知らぬ間に全て持っている母に嫉妬し、その嫉妬を愛情のようなものに転化して、母と接してきたように思う。

母の笑い声を聞きたいと願い、それが叶えられると耳をふさぐ、そんな関係だった。それは、今も同じだ。


部屋に戻ると、母は布団の上に体を投げ出して、テレビを見ていた。いつの間に落としたのか、化粧気の無い顔で、またあの、シャワーキャップをかぶっている。冷蔵庫から水を取り出し、一口飲むと、「おかあさんも飲みたい」とせがむ。ペットボトルを渡すと、ごくごくと、喉を鳴らして飲み、「修学旅行みたい！」と、嬉しそうに笑った。私はその笑顔を見て、恐ろしいほど、優しい気持ちになった。

「おかあさん、明日、早く終わらせて東京見物行こか。」

母は、目を輝かせ、「やったー」と言った。そういう、母なのだった。

母が眠った後、こっそり起きだして、次の日しようと言っていた掃除と、こまごましたものの荷造りをした。二時間ほど前、彼に『準備、ほぼ完了です』というメールを送ったが、返ってこなかった。眠っているのだろうと思ったが、心のどこかに、あの女の人の横顔が貼り付いて、なかなか拭えない。眠れなかった。

母の柔らかい鼾《いびき》が聞こえる。どこまでも安らかなそれを聞きながら、調味料のビンを、ひとつひとつ、丁寧に梱包していった。捨てさせてたまるか、と思った。これは、私のものだ。大切な、私の。

いつまでたっても、彼からのメールは来なかった。

「おかあさん。」

そう、つぶやいた。小さな頃からの、あの風呂での練習が、役に立つかと思った。

「おかあさん。」

でも、何度つぶやいても、ちっとも泣けなかった。

目を覚ました母は、台所を見て驚いた。

「偉いなぁ、のんちゃん！　昔からこういうこと、絶対に後回しにせえへん子やったわ。」

「彼の女関係」について、どこまででも後回しにしている自分を思って、私は浅く笑った。

浅草にでも行く？　と聞くと、母は、表参道ヒルズに行きたい、と言った。

「浅草とか、ババくさいもん。」

母は、表参道に外国人が多いこと、スカウトらしき怪しい人が多いことなどにいちいち驚き、ショウウインドウの華やかさに、眼を見張った。以前来たときも、そうだった。道行く人を指差したり、歌を歌ってみたり、とても忙しい観光だった。

ヒルズは、とても混んでいた。忙しく立ち働いている販売員を見ていると、引越しのために休みをもらって、こんなところで遊んでいる自分が、とても悪いことをしているような気になってきた。自分から誘っておいて、はしゃいでいる母をうらめしく思い、そのお門違いな感情を持て余して、ますますイラ立った。

「のんちゃん、これどないやろ？」

くるぶしまであるブーツを履いて、母はポーズを取っている。「お似合いですよ」と言う販売員に、「私もそう思うの」などと言って、笑っている。私も「似合うよ」と言い、ポケットにある携帯に触れてみた。それはしんと静かで、いつまでも鳴らなかった。

ヒルズの中で、母はたくさん買い物をした。東京に来る際に、父から小遣いをもらってきたようだった。「おとうさんには、これでえっか」と、ネクタイピンを買って、笑っている。

　ヒルズを出た後、青山通りまでくだり、オープンエアのカフェに入った。母は「お洒落やねぇ」とはしゃぎ、写メールを、父に送ろうとしている。ケーキも頼みたいと言うので、「好きにしたら」と言った。私は、なんだか疲れていた。昨日、きちんと眠れなかったことが、今になってこたえてきたのだろう。自分が勝手にしたことなのに、また母のことを、うらめしく思った。

　母は、店員を呼んで、ケーキの説明をいちいち聞いている。店内が混んでいるのに、お構い無しだ。ふう、とため息をついたとき、携帯がブルブル、と鳴った。はっとして見ると、彼からだった。

『悪い、昨日寝てた。こっちも友達に手伝ってもらって、ほぼ完了。』

　携帯を閉じた。

　友達って、誰？　あの女の人のことだろうか。手伝ってもらった？　あの日？　考えないようにしよう。友達だと言っているのだ。彼を信じなければ。そう思えば思うほど、私の想像は、ネガティブな方へ方へと動いていく。

「決めた！　この、イチゴのやつ！」

母が、大きな声で言った。店員はほっとした表情で頭を上げ、さっさと厨房の方へ歩いていった。うきうきしている母を見ていると、どんどん腹が立ってきた。メールを見て、何が出来るわけでもないのに、私は、いてもたってもいられなくなっていた。このまま彼と暮らして、いいのだろうか。こんな気持ちでスタートを切らなければいけないほど、私は彼の存在に、執着しているのだろうか。

そのとき、視界に、店の女の子が歩いているのが映った。どきりとした。私は咄嗟に、メニューで顔を隠した。彼女も休みなのだろう。引越しの準備だと言っておいて、母と呑気にお茶などしているところを、見られたくなかった。

「のんちゃん、何やってんの？　のんちゃんも、ケーキ食べたいん？」

母の声が聞こえた。うつむくようにメニューで顔を隠し、彼女が通り過ぎるのを待った。こんなことをしている自分が、惨めだった。

「のんちゃん？」

あんたのせいだ、と思った。

三十になって将来に不安を覚えながら、年下の従業員に気を使い、仕事を続けていっているのも、恋人を失うのが怖くて、大切なことをずっと聞けないでいるのも、そしてそんなことが出来ない自分が、嫌で仕方がないのも、全て、母のせいだ、と思った。

私は思わず、口を開いた。

「いいね、おかあさんは。悩みなさそうで。」

随分、トゲのある声だったと思う。自分の感情の持ち方が間違っていることは、十分分かっている。でも、その感情は発露の行く先を求め、どんどん加速し、止まらなかった。

「悩みなんてないやろ？　おとうさんとも仲ええし、老後の心配もせんでええし、娘のことかって、心配せえへんし。私が、」

どんな気持ちなんか、分からんやろうね。と言いたかったが、それを言ってしまうと、あまりにも惨めだ、と思った。母に甘えたい気持ちなど、さらさらない。でも、必死に母に感情をぶつけているその姿は、甘えて駄々をこねている子供そのものだった。

母は、顔を上げ、私をじっと見た。

「のんちゃん。」

母は、少し困った顔で、急に声を荒らげた私を、見つめている。かける言葉を、探しているようだった。そんなにまっすぐな目でじっと見られると、胸が詰まった。私は、携帯を握り締めたまま、言ってしまおうかと思った。

「彼は、他に好きな女の人がいるかもしれない。」

そう、言ってしまおうかと思った。そう言ったときの母の反応は、ありありと想像出来た。涙を、流すだろう。我慢するより先に、涙がもう、頬を伝っているだろう。のんちゃん、のんちゃん、と私の名前を呼んで、言うだろう。

「そんなん、おかあさん、嫌！」

　私は結局、その言葉が聞きたかったのだ。

　小さな頃、いじめられて帰ってきた私を見て、私より先に、母が泣いた。のんちゃん！と叫んで、私を抱きしめた。そんなん、おかあさん、嫌。私は、抱きしめられながら、母を慰めた。おかあさん、大丈夫やって。自分で何とかするから。言いながら、しゃくりあげる母の背中を撫でた。まるで逆ではないか、そう思いながら、お腹の奥の方から湧き上がってくる安心感に、私もやっと、泣くことが出来た。

「のんちゃん、どないしたん？　何か、あったん？」

　三十になった私は、母を見て、思わず笑ってしまった。もう、泣き出しそうな顔になっている。なんて、頼り甲斐のない母なのだろう。しかしその、何ものをも貫いてしまう、母のまっすぐな表情を、私はうらやみ、そして、愛したのではなかったか。

「おかあさん、ええなぁ、と思って。あの、すごく、幸せそうやな、て。それだけ。」

　私は、コーヒーを飲んだ。さっきまで、あれだけ感情が昂ぶっていたのに、今はこのコーヒーのように、とても静かで、とろりとしていた。

「ちょっと、意地悪したなっただけよ。」

母は、心底安心したように、ほー、とため息をついた。赤ちゃんが笑うときのような笑顔を見せ、

「うん。おかあさん、ほんまにほんまに幸せ！」

そして、こう言った。

「のんちゃんの、おかあさんになれて。」

そのとき母の前に、イチゴのタルトが置かれた。つやつやとだらしなく光った、目を見張るほどに、真っ赤なイチゴだった。

帰りの電車は混んでいたが、ちょうどふたつぶん席が空いていたので、座ることが出来た。母は、うつらうつらしだした。若いといっても、もう、五十近いのだ。疲れたのだろう。こちらに寄りかかってくる母を見ていると、急に小さくなったような気がした。

「のんちゃんがお腹に出来たときな、まっさきにな、女の子やったらええなぁ、て思ってん。ほら、女の子やったら、いろんな話できるし、こうやって一緒に買い物も行けるやろ？」

イチゴをほおばりながら、母は話した。

「おとうさんがな、やっぱり子供出来たのん、怖かったみたい。若いし、急に結婚して、父親になるわけやろ？　いっつもイライラしてはってな、全然帰ってこんかったんよ。」

そんな話、知らなかった。父は、ずっと「父」だったのだと、思っていた。家族のために真面目に働き、母を思いやって、優しい言葉をかける、あの父なのだと、思っていた。

「仕送りしてもらうんも、男として嫌やったんやろうな。でも、おかあさんは、自分のおとうさんおかあさんがしてくれてることやし、よう言わんやん。それでおとうさんも、どんどん意固地になって。寂しかったんよ、すごい。でも、お腹の中の子が、女の子やって分かって、めちゃめちゃ、嬉しかってん。毎日、話しかけててんで。はよ、出てきてな、大きなったら、一緒にお買い物しような、て。覚えてる？　だから、こうやってのんちゃんと一緒にお買い物したり、ケーキ食べたり出来んの、ほんまにほんまに幸せ。」

引越し業者は、午後来ることになっていた。

母は、朝の新幹線で帰った。駅まで送り、品川まで一人で行けるかと聞くと、大丈夫、間違えても、山手線《やまのてせん》はぐるっと一周するんやろ？　と言うので、笑ってしまった。そして買ったものが多すぎたと、宅配便で荷物を送り、自分はハンドバッグひとつで、悠々と歩いて行った。

一時間ほど、時間があった。私は最後の点検を済まし、段ボールの間に座って、煙草を吸った。雨でなくて良かった。窓から入ってくる淀みのない光は、部屋の中をまっすぐに横断し、そのまま玄関まで続いている。母も、思っているだろう、雨じゃなくて良かった。雨だと、また髪が広がってしまうから。ふと、思い出して、風呂場を覗いて見た。まさか、と思ったが、やはりそうだった。シャワーヘッドに、あのシャワーキャップが、かかってあった。乾いてからカバンに入れると、昨日言っていたが、忘れるだろうと思っていた。案の定だ。

しんと冷えたタイルの中にあるそれは、桃色の、一輪の花のように見える。すっかり乾いているはずなのに、みずみずしく、そして、もっと大きく、花びらを広げようとしている。

しばらくその景色を眺めて、私はそれを手に取った。

母は、言っていた。

「おとうさんが帰ってこへんくて、寂しいやろ。お風呂で泣いてたら、のんちゃん、お腹をぐう、て押してくれるねん。大丈夫よ、おかあさん。て。」

母も、泣いていたのだ。

私だけではなかった。

母も、湯船に浸かって、ひとり泣いていたのだ。

十九で子供が出来、両親に反対され、そして、頼りにしていた夫が、家に帰って来ない。そんな辛い状況を、母は生きてきたのだ。私が彼の家に遊びに行ったり、クラブで朝までお酒を飲んだり、そんなことをしていた年、母は、私を育てていたのだ。おしめを替え、泣いている私を抱きしめ、そして、一人きりの湯船で、泣いていたのだ。

「のんちゃんは、お腹ん中におるときから、優しい子やってんで。」

シャワーキャップを、かぶってみた。母がするように、耳まですっぽり覆うと、外の音が遠くに聞こえた。水の中にいるようだった。

鏡の中の自分と目が合った。あんまりおかしくて、目を逸らした。でも、脱がなかった。私はそのまま段ボールの間にすわり、何本目かの煙草を吸った。そして、歌を歌った。

森と泉に囲まれて
静かに眠る　ブルー　ブルー　ブルーシャトウ
夜霧の

そこまで歌って、やめた。私の目に、母の字が、飛び込んできた。

「ナベ」「しょっき」「ヤカンナド」

大きな大きな、段ボールからはみ出してしまいそうな字だった。

その字を見ていたら、泣けてきた。

なんて大きな字、子供みたいな。そう思って、笑いながら、泣いた。涙はとても熱くて、じわじわと体の奥から湧き出して、決して、決して止まらなかった。

私はそのとき、小さな頃に、戻った。

いくら悲しいことを想像して泣いてみせても、たくさんの涙を流しても、お風呂からあがれば、いつも通りの、家族がいた。父がテレビを見、弟が喉を鳴らして牛乳を飲み、そして、母が、歌を歌っている。「のんちゃん」そう私を呼び、私のために泣き、私を、恐ろしいほどに愛している、母がいる。どれほど頼りなくても、情けなくても、母は、全力で、私の「母」だった。母のことを子供のようだと思っていた私は、誰あろう、その母から生まれてきたのだ。その事実が、どれほど私を慰め、そして勇気づけたか。

大丈夫、間違えても、山手線はぐるっと一周するんやろ？

いつもそうだ。母は、思いもかけない言葉で、私を安心させる。彼のことは、何も解決していないし、三十の私の行く末も、分からない。でも、母の「大丈夫」を聞くと、結局私は、いつだって大丈夫なのだ。山手線が一周するように、はは、私は、大丈夫だ。

シャワーキャップをかぶりながら泣いている女は、さぞかし滑稽だろう。でも、私はそれを、やめなかった。

「おかあさん。」

と、何度も呼びながら、私はいつまでもいつまでも、泣き続けた。

文庫版あとがき

『しずく』の冒頭にある「Yと、ふたりのAへ」というのは、私の友人のことです。

海外の文学作品の冒頭によく見られる「○○に捧ぐ」だとか、「親愛なる○○に」などという言葉に、私はずっと憧れを持っていて、いつか自分が本を出せた暁には是非書いてみたいものだ、と思っていました。しかし、いざデビューが決まったとなると、出来ない。誰かに本を捧げるなんて、照れくさく、おこがましいのだもの。

「しずく」を書き上げた頃、私は様々なピンチのときでありました。その際、Yと、ふたりのAは、彼女らが出来る全力の手助けをしてくれました。私の急な呼びつけに応じ、話を聞いてくれ、一緒に泣き、最後には、絶対に笑顔にして帰してくれた。私は、恐ろしいほどの感謝の只中にありました。

だから、「女ふたりの物語」であるこの「しずく」を、彼女らに捧げよう、と思ったのは、自然な感情でした。羞恥やおこがましさは消えませんでしたが、それでも、それ以上に、彼女らに読んで欲しい、この物語をもらってほしい、という思いは強かった。

三人は本を渡すと、「おーありがとー」と言いました。「書くの早いなー」も、言ったかもしれません。私を助けてくれた、三人の女。

女ふたり、の物語ではありますが、これは大きな「友情」の物語です。

肉親であろうと、年齢が離れていようと、一生会えない関係であろうと、そこにある「友情」は、何にもかえがたい、強いものだと思います。ときに恋愛では追いつかないほど、「友情」は深く、固い。絶対に金では買えねーぞ、こんなん書いてて、恥ずかしくないぞ。

友情は永遠に続く。

単行本『しずく』を世に出してくださった布宮文《ぬのみやふみ》さん、深草千尋《ふかくさちひろ》さん、『しずく』を文庫にしてくださった藤野哲雄《ふじのてつお》さん、素晴らしい装丁をしてくださった池田進吾《いけだしんご》さん（単行本）、斉藤秀弥《さいとうひでや》さん（文庫）、「解説」を書いてくださったせきしろさんに、感謝します。

本当に、本当に、ありがとう。

数多くの友情に。

西　加奈子

解説

せきしろ
（文筆家）

服を買う。トレーナーだ。店に行って数あるトレーナーの中から選んだ物である。帰宅しそのトレーナーに袖を通す。サイズは丁度良いし着心地も良い。早速《さっそく》着用して街へと出掛ける。

何度か着ているうちに汚れてくる。これだけは避けられない。洗濯機の中へ入れて洗う。干して乾かす。そしてまた着る。

それを何度か繰り返し、購入した時よりもトレーナーが身体にも心にも馴染《なじ》んできた頃、知人から思わぬ言葉を投げかけられる。

「その服、お気に入りなんですか？」

瞬間私の思考は一時停止する。すぐに羞恥《しゅうち》を覚え、恥が身体を支配する。次にゆっくりと湧き上がってきた怒りが浸透し「何故そのようなことを言うんだ！」と大声をあげそうになる。

確かに何度も着用している。その人とは着用している時に限って会っていたのかもしれない。となると相手にとってはよく着ているトレーナーということになる。お気に入りと思われても仕方はない。おまけに元々自分で選んで買った服であるから気に入っていないと言えば嘘になる。わざわざ気に入らない服は買わない。相手に間違っている箇所はない。だからといって触れるべき事象ではない。触れてしまえば私が張り切っているようになってしまうのだ。意気盛んにお気に入りを着ているかのようになってしまう。絶対に触れてはいけない事象なのだ。

「その服、お気に入りなんですか？」

「よくぞ気づいてくれました！」

こんな歓迎を誰もしない。するわけない。

しかし一度触れれば、相手は私に対し「お気に入り着て、張り切ってますね」と指摘している構図になる。「それがあなたのお気に入りですか。そうですか。へえ」と小馬鹿にされているような気分にもなる。自分のセンスが問われているようにも思い、なぜかこちらに落ち度があるような気にすらなる。いつの間にか私の立場は貶《おとし》められ相手よりも下になっている。

こうして「その服、お気に入りなんですか？」という言葉は私を惑わし、不快にさせ、恥ずかしさと怒りで死すら考えさせる。それが一時だけならまだ構わないのだが、この手の言葉は数年、いや数十年脳裏に生き続ける。いつまでも消えず、不意に姿を現す。その度に私は声を出し、羞恥に悶え、死を考えることになる。このことからもわかるように「その服、お気に入りなんですか?」は全くもって言う必要のない言葉なのである。そして何よりもう二度とそのトレーナーを着られなくなる。再度着用しているところを見られたなら「ほーら、やっぱりお気に入りなんじゃないですか!」みたいな顔をされる。得意顔だ。私は一生その人の下になってしまう。「お気に入り」なる言葉の呪縛《じゅばく》から逃れることはできなくなる。

とはいえすでに言葉が放たれたなら、私はそれに対して答えなければならない。何故なら相手の言葉が「お気に入りなんですか?」と疑問形になっているからだ。質問をされているのだ。私は咄嗟《とっさ》に答えを探さなければならなくなる。もしもそれが別の言い方だったならこんなことにはならない。「その服、よく着てますね」ならば私は即座に「そうですね」とか「そんなに着てないですよ」と答えることができる。不思議と不快感は少ない。もしくは「またその服ですか!」と直接的に、たとえ悪意丸出しだとしても、そう言ってくれたなら「いいじゃないですか!」や「ほっといてくださいよ!」と素直に、そして冗談のように返し、服の話題を終わらせることができるというものだ。ところが「お気に入りなんですか？」と言われた場合、様々な感情が私の中に渦巻くために言葉に窮してしまう。

私は必死に答えを探す。

「その服、お気に入りなんですか？」

「そんなことないですよ」

やはり否定だろう。そもそも質問に対して私は否定的なのだから。だが問題なのは、本当は気に入っているという事実。つまり否定は嘘をつくことになる。そのためどうしても躊躇《ちゅうちょ》してしまう。だんだんと愛着が湧いてきているトレーナー。それをお気に入りではないと嘘はつけない。だいたい私は悪くない。むしろ悪いのは余計な指摘をしてくる相手の方だ。なのにわざわざ嘘までついて合わせる必要などない。マナーについて熟知しているわけではないが、「その服、お気に入りなんですか？」と人に訊ねるのはマナー違反である気がする。いや、そうに違いない。今度マナーの通信講座を受講して調べてみよう。絶対にマナー違反であるはずだ。もしかしたらマナーどころではなく法律違反の可能性すらある。

肯定も否定も駄目である。かといって無言はもっと駄目であろう。無視は大人としてしてはいけない、それくらいの社会常識は私も持ち合わせている。どうにかベストな返答を考えなければならない。私が一方的に与えられた複雑な感情をお返しでき、さらに以後こちらが有利になるような返答を。

私は考え続け、いくつかの解答を得る。

「その服、お気に入りなんですか?」

「何故そう思いました?」

質問返しをする手はどうだろうか。無論、真剣な表情でだ。「あなたは何故そう思ったのですか?」と丁寧に返すのもいいだろう。真面目な雰囲気かつ思わぬ質問返しに相手は困惑すること必至だ。口ごもった相手はもう二度と服のことは言わず大人しくなる。私のダメージも回復し立場も上になる。関係性が一気に逆転だ。

こんなのもある。

「その服、お気に入りなんですか?」

「やっぱり! 予定通りの質問だ!」

これは「お気に入りなんですか?」と訊かれることを最初からわかっていましたよという返答だ。あなたの言うことは全部お見通しでしたよということである。相手は次のように当惑するだろう。「この人……予知していたのか?」「まさか予言者……!」「わかったぞ! タイムマシンだ! この人はタイムマシンで調べてきたんだ」と。また、この返答の後に「あっ！」と言いながら「しまった」という顔をして口を手で押さえれば完璧だ。いかにも「言ってはいけないことを思わず言ってしまった！」というような振る舞い。「これは本当にタイムマシン……なんて凄い人だ」と磐石《ばんじゃく》になる。

「その服、お気に入りなんですか？」

「いろいろありまして……」

寂しげな表情で言うならこの台詞《せりふ》だ。「もしかして過去に何かあったのだろうか？」と思わせることができる。気まずさから相手は謝罪してくるだろう、「何も知らずにすみません」と。それに対して「いや、気にしないでくれ」と言えば「ああ、この人はなんて寛大なんだ」と尊敬される。またしても立場逆転を狙えるのだ。ちなみに似たような台詞として「形見なんですよ」もある。

こんなのはどうだろう。

「その服、お気に入りなんですか？」

「あなた、変わりましたね」

この返答も侮れない。「お前、昔はそんな奴じゃなかったよな。そういうことを言う奴じゃなかった。むしろ、そういうこと言う奴を嫌って歯向かっていたよな」的ニュアンスを含んだこの台詞はある種の人には絶大な効果を発揮する。相手は「仕方ないだろ、社会にでるといろいろあるんだよ！」と怒りに任せて言いつつも、的を射た指摘を否定はできずに自分の中で葛藤《かっとう》するはずだ。立場が上になる、とまではいかないかもしれないが、精神的ダメージは相手の方が強くなる。

このように様々な返答を考えながらも、結局「その服、お気に入りなんですか？」などと口にする方が間違っているのであり、何故こちら側が色々と思案しなければならないのかと腹立たしくなってきて、誰かとこの不愉快な気持ちを分かち合いたくなる。

そこで私はたまたま近くにいた西加奈子に言ってみたことがある。

「『その服、お気に入りなんですか？』って訊かれたらどうする？」

しかし西加奈子の言葉は私に共鳴するものではなかった。

「お気に入りだと言うよ」

私は愕然《がくぜん》とした。西加奈子は「何を当たり前のことを」みたいな顔をしている。

私は頭の中で西パターンを整理する。

「その服、お気に入りなんですか？」

「お気に入りです」

私は二の句が継げなかった。

彼女は関西の人であるから、正確には覚えていないが実際には「お気に入りやで」とか

「めっちゃお気に入りやねん」とか「お気に入りでまんねん」みたいな感じの返答をしただろうが、いずれにせよ私は愕然とした。

そう、西加奈子は素直なのである。

長々と書いてきたが、要するに言いたかったのは「西加奈子は素直である」ということなのだ。

彼女の作品には素直さが絶えずある。それは私と対極のものだ。例えばこの本に収録されている『ランドセル』では友人と旅に出る。私には無理だ。ひとりが良い。あるいは現地集合現地解散、自由行動のみならば良い。しかも国内ならまだしも海外だ。絶対無理だ。そもそもエレベーターで会った時点で気づかない振りをすると思う。それには自信がある。また『灰皿』では大家と借主の関係を描いている。お金がなくて家賃を滞納しがちな私にとって大家は強大な敵であるために、作中のような付き合いは考えられない。『シャワーキャップ』では親子関係が主だ。母親と何か食べるシーンがあるが、そこをクラスメイトに目撃されたらどうするんだ。次の日「お前、昨日親と外食してただろう」などと言われるのは拷問である。などと、いまだ思春期的感覚を残している私には異次元の話だ。

だがその素直さが、すうっと、滑らかに、摩擦なく、身体に入り込んでくる。不思議な感覚になる。西加奈子特有の素直さが自然と笑いを誘ってくる。時には涙を呼んでくる。

読み手である私をいつの間にか素直にさせてくれるのだ。たとえるなら、娘が書いた作文を読んだ時や結婚式での娘の言葉を聞いた時、それに似ている。

気づくと私はこの短編集を鞄に忍ばせ、何度も読むようになっていた。その日の風景と重ね合わせるようにもなった。木蓮の木を見ればあの話を思い出し、猫を見ればまた別の話を思い出すようになっていた。

いつか誰かにこう言われるだろう。

「その短編集、お気に入りなんですか?」

核心を突かれた私は「いや、別に、まあ、好きっていうか、どうしてもって言うなら」としどろもどろになりながら言い繕うと思う。

だけど本当は好きだ。

あと本当は娘などいない。

さあ、家賃を払いに行くことにしよう。

初出
ランドセル　小説宝石二〇〇六年四月号
灰皿　小説宝石二〇〇六年六月号
木蓮　小説宝石二〇〇六年八月号
影　小説宝石二〇〇六年十月号
しずく　単行本刊行時に書下ろし
シャワーキャップ　小説宝石二〇〇六年十二月号

二〇〇七年四月　光文社刊

光文社文庫

しずく

著者　西《にし》　加《か》奈《な》子《こ》

2010年1月20日　初版1刷発行
2015年8月20日　10刷発行

発行者　鈴木広和
印刷　堀内印刷
製本　関川製本

発行所　株式会社 光文社
〒112-8011 東京都文京区音羽1-16-6
電話　(03)5395-8149　編集部
8116　書籍販売部
8125　業務部

落丁本・乱丁本は業務部にご連絡くだされば、お取替えいたします。
ISBN978-4-334-74722-0　Printed in Japan

組版　堀内印刷

お願い　光文社文庫をお読みになって、いかがでございましたか。「読後の感想」を編集部あてに、ぜひお送りください。

　このほか光文社文庫では、どんな本をお読みになりましたか。これから、どういう本をご希望ですか。

　どの本も、誤植がないようつとめていますが、もしお気づきの点がございましたら、お教えください。ご職業、ご年齢などもお書きそえいただければ幸いです。当社の規定により本来の目的以外に使用せず、大切に扱わせていただきます。

光文社文庫編集部